剧本
创编实务
——从零开始写剧本

屈定琴　著

重庆大学出版社

图书在版编目（CIP）数据

剧本创编实务：从零开始写剧本/ 屈定琴著.--
重庆：重庆大学出版社，2022.5（2025.1重印）

ISBN 978-7-5689-3228-8

Ⅰ.①剧… Ⅱ.①屈… Ⅲ.①剧本—创作方法 Ⅳ.
①I053.5

中国版本图书馆CIP数据核字（2022）第054621号

剧本创编实务——从零开始写剧本

JUBEN CHUANGBIAN SHIWU: CONG LING KAISHI XIE JUBEN

屈定琴 著

责任编辑：唐启秀　　版式设计：唐启秀
责任校对：邹 忌　　责任印制：张 策

＊

重庆大学出版社出版发行
出版人：陈晓阳
社址：重庆市沙坪坝区大学城西路21号
邮编：401331
电话：（023）88617190　88617185（中小学）
传真：（023）88617186　88617166
网址：http://www.cqup.com.cn
邮箱：fxk@cqup.com.cn（营销中心）
全国新华书店经销
重庆升光电力印务有限公司印刷

＊

开本：787mm×1092mm　1/16　印张：12.25　字数：208千
2022年5月第1版　2025年1月第3次印刷
ISBN 978-7-5689-3228-8　定价：38.00元

　　世间万物，怎一个"情"字了得，影视作品的表达也是如此，演来演去，都是在演"情"。试问人世间，情为何物？亲情、友情、爱情……真是剪不断，理还乱。编剧写剧本，写来写去也是如此。在编剧行业有一种说法，即"三流编剧写故事，二流编剧写人物，一流编剧写情怀"。也就是说，能够把"情"写透，是编剧最高的境界。

　　这三类编剧中，有的擅长设计故事情节，有的擅长塑造人物，还有的善于挖掘冲击我们内心的精神。擅长设计故事情节的编剧，能够把一个个事件像搭积木一般进行组合，哪些事件放在故事的开头，哪些事件放在中间，哪些事件放在结尾，心里十分清楚，因为他们谙熟搭建结构的方法，有一套完整的设计剧本结构的思维体系。擅长塑造人物的编剧，醉心于探索什么样的人物是观众喜爱的，这类人物身上有什么性格特征，这些性格特征是怎么形成的，现实生活中有没有类似的人物，他们的生活境遇如何，直到自己笔下的人物渐渐地鲜活起来，并且性格迷人，能够打动人。写情怀的编剧，善解人意和了解人性是他们的基本功，他们的作品除了有真实感，还有能够冲击我们内心的某种东西，或许是一种人文精神，或许是对人性深刻的洞察。

　　如果一个编剧只擅长其中之一，那么擅长设计故事情节的编剧写出的作品，虽然情节一波三折，曲折动人，但是人物性格却会单一、扁平、老套。擅长人物塑造的编剧，不擅长设计故事情节，结果作品的情节平淡无奇，让人看了昏昏欲睡，没有哪个观众会看一个人平淡的生活日常。如果一个编剧对人性的解读入木三分，在故事情节的编织和人物塑造上很弱，那么他很难通过故事来表达自己的情怀，即便写出来，观众也很可能是强忍着枯燥无味将整个作品看完，而且这样强忍着看完不能吸引自己的作品的观众少之又少。

完美的状态是这个编剧既懂故事情节的设计，也擅长塑造人物，他的作品还蕴含着深刻的人性思考，或某种人文精神。虽然这样的编剧并不多，但是作为编剧必须有这样的追求，才能写出优秀的剧本。

问题是当我们什么都还不懂的时候，从零开始写剧本，到底从哪里出发呢？

从无到有，构思出一个剧本，在许多人看来是很神奇的事情。万事开头难，如何启动剧本，是最难的一件事。预设人认为从主题出发，先想清楚要表达什么，再开始写剧本；也有人认为从人物出发，预设一个能够打动观众的人物，从这个人物开始创造剧本；还有人认为从剧本的结构出发，设计一个故事的结构框架，然后再往这个框架里填充细节。

这些启动剧本的说法都有道理，但是比较抽象。如果我们要写一部给小范围的专业人士看的文艺片剧本，上述三种方法都适用。如果我们要写一部既叫好又叫座，给普通大众看的剧本，那就要遵从这类剧本的创作套路，因为这个套路或者说是公式适用于普通大众的观看心理。

写剧本并非天马行空，毫无规律可言，剧本创作是有规律的。尤其是商业电影，经过一百多年的探索，在剧本创作上已经摸索出一套有迹可循、有法可依的套路，并且是经过市场检验、观众接受和喜爱的方法。既然如此，在进行剧本创作时，我们不妨直接学习这种方法，免去曲折和弯路。

故事、人物与情怀这三者中，最基本的是要懂得如何讲故事，其实故事就是一个好结构，也就是要懂得剧本的结构的设计。好比有人在说老虎，你要知道老虎长什么样一个道理。说到剧本，我们首先要知道剧本长什么样，剧本的结构就是剧本的样子。最传统也最行之有效的是"三幕式"结构，即开端、中段和结局。悉德·菲尔德在《电影剧本写作基础》一书中指出电影剧本是一个"三幕式"结构。而罗伯特·麦基在《故事：材质、结构、风格和银幕剧作的原理》一书中，对"三幕式"结构进行了更加详尽的分解。布莱克·斯奈德在《救猫咪：电影编剧宝典》一书中也对电影结构进行了更精细的分析，并从"三幕式"结构中衍生出15个节拍。

作为一名编剧，入行的第一步就要知道剧本长什么样，也就是剧本的结构是什么样的，这是讲好故事的开始。关于"三幕式"结构，本书在第四章"结构"这一章节中会详细讲解，并且你会发现好莱坞经典"三幕式"结构与中国传统戏曲讲故事的"起承转合"结构有着惊人的相似之处。

人人都爱好故事，没人能够抵挡住一个好故事的魅力。无论是长的还是短的，是电影还是电视剧，哪怕是一个微短剧，或者是剧情类短视频，都要讲好一个故事。即便是短视频，时长有限，来不及层层展开，也十分讲究结构。反转叙事是编剧常用的故事结构，开端即高潮，接着来个反转，把剧情推向一个新的方向，出乎观众的意料。

懂得讲故事，懂得对一个个散落的事情进行布局还不够，"见事不见人"不是一个好编剧的标准，故事需要人来演绎，故事的灵魂是人物，编剧必须重视人物的塑造。

情节结构的功能是提供不断增强的阻力，把人物逼向越来越难的两难境地，迫使他们做出越来越艰难的、冒险的抉择和行动，逐渐揭示其真实的本性，甚至直逼无意识的自我。而人物塑造就是编剧必须让笔下的人物具备某些鲜明的特征，这些特征让观众相信他们能够做而且将会去做他需要做的事情，比如，他足够年轻或年老、强壮或虚弱、世故或天真、受过教育或目不识丁、慷慨大方或自私自利、聪颖机智或冥顽不化等，这些都需要编剧通过适当的配比，进行适当的组合，形成人物的性格和人物关系的设计。

情节结构和人物是相辅相成的，人物从他们的面具后面做出的选择既塑造了他们的本性又推动了故事情节的发展。一个故事的结构来自人物在阻力之下做出的选择和他采取的行动，而人物在阻力之下选择如何行动可以揭示人物的真面目或改变人物的性格。在某种情况下，如果你改变了事件设计，那么你也改变了人物；如果你改变了人物的深层性格，那么你就必须重新编排事件的脉络和情节的走向，使其与被改变后的人物相符。

因此，对人物性格和人物关系的设计十分重要，只有明确了人物性格，才知道这个人物在故事情节的发展中如何行事。塑造有灵魂的人物很重要，很多优秀的影视作品因为人物刻画得好，多年以后，你很可能忘记了这个人物背负的具体使命，但是导演镜头下人物的眼神还会在你眼前闪现，那是因为这个人物打动了你。

想想你看过的那些口碑、票房都好的电影，无一不是故事和人物两相兼顾。编剧并非不想讲出一个人物形象丰满、故事情节牵动人心又能被市场接受的好故事，但是要达到这个水平很难，所以编剧必须经过历练，才能到达这个水平。

能够讲好故事，还能塑造出观众喜欢的人物，并且通过作品表达编剧对人生深刻的看法和崇高的普世情怀，那就很完美了。三者具有互文关系，因为故事是人物来演绎的，人物的性格和经历构成了他们行动的动机，所以情节缜密的故事一定是符合人物性格需求的，如果一个故事中的人物做出不符合他性格的事，那故事和人物就毁了。而在众多的人物中，我们往往记住的是那些能够立得住的，那是因为编剧在他们身上注入了情怀，我们被这些人物打动了。

一部影视作品的成功与否，情怀很重要，它凌驾于情节和人物之上，上升到了一个新的高度，涉及几个方面：一是选取的题材能够达到的深度，这种深度包含编剧创作的美学品格，对生命的洞察，对政治、历史的深刻思考，对人性各个角度的挖掘；二是作品所涉及的广阔程度，能够囊括方方面面的人类情感，可以是民族史诗般的宏大叙事，也可以是温婉浪漫的小情小调，甚至能从朴素的日常生活中感受到深刻的人生真谛；三是作品所蕴含的力量，用温暖的或温情的方式解决激烈的矛盾冲突，实现心灵的救赎，达到人性的高度。

只有"天才"一开始就能成为一个一流的编剧，如果不是，我们可以从三流的编剧开始，先把故事讲好。如果你还年轻，阅历还不够丰富，那么就先掌握最基本的技能，做好剧本的情节结构，学会讲故事。随着你人生经历的增多，阅人无数，在人物塑造上不断下功夫，就会进一层。当你对剧本的结构熟悉到像一张地图一样刻在你的脑海里，且掌握了塑造人物的各种方法，思想足够深邃，看人看事入木三分，你自然能够写出有情怀的一流剧本。故事、人物与情怀并非编剧历练的先后顺序，三者相辅相成，你中有我，我中有你，相互交融。

掌握剧本的结构，终究还只是编剧讲故事的基本功，就好比练武之人掌握了一套完整的招式，最终武功的高下，还要看内功好不好，所以编剧最高的境界是能够从一个人物出发讲述一个有情怀的故事。内功不是一朝一夕练成的，从做编剧的第一天开始，甚至还只是一个业余爱好者的时候，就需要开始有意无意地训练这种素养。

多年来，笔者作为一名编剧，参与多部影视剧的剧本创作，电视剧《仙剑奇侠传三》《追鱼传奇》《哎呀妈妈》等在中央电视台及地方卫视台播出，电影《皮鞋》等在院线放映，积累了一定的剧本创作经验，为本书的撰写带来不少心得。另外，本书涉及的《我是公主》人物小传、《那年你十七我十八》故事大纲、《艺术团》剧本等为笔者多年在艺术创作实践中积累的作品选段，在此作为实训案例使用。

写剧本不是"一口吃个胖子"，而是要分步进行，先做人物小传，确定人物性格和人物关系，再写故事大纲，做好剧本结构，只有这些基础都打牢了，才能开始写剧本。为此，全书分为十章，首先从主题讲起，一开始就涉及内功的修炼。另外，本书在讲述理论的同时重视剧本创作的实战训练，因此，整个按照剧本创作流程中涉及的剧作元素，即主题、人物、冲突、结构、故事大纲、分场、语言等几个方面一步步展开，学完本书，就等于经历了一次剧本创作实战训练，剧本创作的全过程你都走了一遍。

讲好中国故事是电影电视剧编剧、导演等影视工作者的社会责任，本书讲述了写剧本的方法、技能、理论、实践经验等，涵盖戏剧理论、叙事学、心理学等相关的知识，具有一定的学术价值。本书还具有一定的实践性，可以用于高等院校影视传媒类专业学生剧本写作课程的教学，也可以供正在进行长视频和短视频创作的工作人员使用。

阅读本书，创作出好剧本，解决影视行业"剧本荒"的问题，可以助力我国的影视行业繁荣昌盛。

屈定琴

目 录
CONTENTS

主要参考文献

第一章

主　题

2019年1月，短片《啥是佩奇》突然在网络上走红，这是一部电影宣传片，讲述一位住在大山里的爷爷询问孙子过年想要什么，孙子说要"佩奇"，爷爷不懂佩奇是什么，于是查字典、问邻居，终于通过别人的描述，用鼓风机制作了一只粉红色的"佩奇"。

这个故事极其简单，为何能迅速形成病毒式传播呢？

有人说，是它的故事讲得很轻松，一个农村的糟老头，到处打听啥是"佩奇"。

也有人说，是细节打动了人，父亲从乡下到城里与儿子一起过年，来不及吃饭，就急忙掏出礼物，一袋袋亲手摘的蘑菇、打的核桃、敲的大枣……

其实，这些都不是重点，重点是它的主题击中了人们的内心，适逢春节即将到来，人们将与家人团聚，是亲情令观众为之动容。

没错，在对的时候，找到一个对的主题很重要。

李渔在《闲情偶寄》中说道："古人作文一篇，定有一篇之主脑。主脑非他，即作者立言之本意也。"这说的就是剧本的主题，主题是剧作者通过人物塑造和对生活的描绘表达出来的中心思想。它是剧作者对生活、历史和现实的认识、评价以及对理想的表现。主题，对创作者而言，主要指创作者的创作意图及这个意图在作品中的表现，即创作者企图表达什么和实际表达了什么。

一、主题是什么

主题就是目的，D.阿特勒说"主题"即"故事的目的"，而且这个目的可以用一句话或几句话表达出来。正如日本剧作家桥本忍所言，"目标不是高傲的思想，而是比较具体的事。无论何时都能用一句话，用具体的语言来表达的东西。我认为这也许就是一般所说的主题了"。写剧本与我们平时说话做事一样，都有一个目的，能够让观众看了以后获得信息，明白创作者的主题思想，这是编剧在写剧本时最为重要的任务。

编剧写剧本之前，要明白一个道理，即剧本写出来只是文字，就好比建筑设计的草图，需要导演将其用画面镜头表现出来，才算最终完成任务，因此编剧写剧本时会遇到好几种情况：第一种是为投资方写，第二种是为导演写，第三种是为演员写，第四种是按编剧的想法写。如果是前三种情况，对方一般都有主题思想，编剧只要领会对方的主题思想即可，如果对方的主题不是很完善，编剧可以采用引导、启发的方式确定主题。但是有一个原则叫有所为有所不为。如果是第四种情况，按照编剧的想法写，那主动权就掌握在编剧手中，创作的自由度相对高些。

二、主题如何产生

高尔基说："主题是从作者的经验中产生、由生活暗示给他的一种思想，可是它聚集在他的印象里还未形成，当它要求用形象来体现时，它会在作者心中唤起一种欲望——予它一种形式。"就好比武术的内家功夫与外家功夫，编剧技巧是外家功夫，而主题思想则是内家功夫，要练好内功，需要积累生活经验，通晓人情世故，认识生活的本质。俗话说"世事洞明皆学问，人情练达皆文章"，主题思想的产生与作者的素养有很大关系。

（一）勤观察

主题的产生与勤观察有关。编剧要善于观察生活，平时要做个有心人，有观察生活的职业习惯，要善于区分不同的人，发现他们的外貌特征，捕捉他们的行为习惯，并进行分析归纳，加以整理和提炼。只有观察生活，才能获得第一手材料，为创作提供真实可靠的、具体可感的生活依据，将所观察到的感性材料上升为理性认识，主题才能呼之欲出。

比如，我们乘坐地铁，经常会看到车厢门口的人很多，里面却很空，人并不多，观察到这一点后我们就会思考为什么会这样。原来是有些乘客为了自己下车方便，拥挤在门口，别人能不能上来就管不了那么多了。这时候人性的自私就暴露出来了。

访谈也是一种方法，无论是名人还是普通人，通过访谈，就能够找到个体的某种精神，并用这种精神串起整个故事。因此，创作者应该在占有生活素材的基础上，通过自己的情感体验有感而发。

（二）间接获取

主题的产生与间接获取的知识有关。除了观察生活，我们还要通过间接的方式提高自己的理性认识能力。并不是说要写乞丐就一定要深入乞丐的生活中去观察他们，我们可以通过阅读间接地获得相关知识。不仅可以通过看文字资料获取，也可以通过看电影或电视剧等影像资料去获得想要的知识，并思考前人作品给我们的启示。

电视剧《觉醒年代》编剧龙平平，既是编剧，也是党史文献研究专家，还是纪录片的撰稿人，这些间接获取素材的经历，为他创作这部电视剧作了大量准备。龙平平在接受采访时谈道："从写理论文章、搞文献研究，到文艺创作、写历史题材的电影电视剧，二者有一个共通点就是真实，这是最基本的东西。一个抽象思维，一个形象思维，都是建立在真实基础上的，而这个真实不是十天半个月，甚至两年三年就能做到的。这是一个日积月累、不断训练的过程。"[1]电视剧能够逼真地再现那个如火如荼的岁月，与编剧龙平平多年来研究党史，间接地积累文字或影像素材是分不开的。

（三）提高洞察力

主题的产生与洞察力有关。洞察力就是透过现象看本质的能力，能够深入地看事物和问题。别人看不到的，你能看到，别人看到了想不到的，你能想到，这就是深邃的洞察力。增强洞察力的方法很多，一是要多动脑，对于生活中的现象，要多问为什么，探究其中的前因后果；二是增加生活的阅历，所谓见多识广，知识储备比别人多，见识比别人广，看问题才能看得深入；三是培养广泛的兴趣爱好，具备广泛的兴趣爱好有利于增加实践的机会，只有亲身实践体验，认识才更加深刻；四是要多读书，尤其是多看哲学和心理学的书，有利于提高对人性的认识。

---

[1] 王桂环，龙平平．用艺术精品宣传研究党史的一次尝试——访《觉醒年代》编剧龙平平[J].北京党史，2021（3）：55-62.

三、主题是怎样决定的

主题的决定与编剧的思想有关，具体说来由编剧所持有的世界观、人生观、价值观决定。人们对世界的看法是多种多样的，以人生观为例，有人对人生的看法是悲观的，有人对人生的看法是乐观的。如果一个人对人生是悲观的，他对很多事情的看法就是悲观的，常常会作出悲观的判断。如果一个人对人生的看法是乐观的，他对事物的看法就是乐观的。假如一个人认为金钱至上，可能他会不顾一切去赚钱，但是有人认为除了钱以外，人还要有更高的追求，那他所做的可能又不一样。

剧作的主题与编剧的三观息息相关，三观一般潜移默化地融入创作者的日常。编剧表达情感的动机是剧作主题如何呈现的根源，编剧对生活现象本质的把握程度决定剧作主题的深刻与否，编剧个性特质的特点决定剧作主题的表现方式。编剧的三观决定了他在写剧本的时候所要表达的主题思想。

编剧不仅要有独立的思想，也要有正确的思想，只有这样才能在写剧本的时候建立有价值的主题思想。凡是能够使人类在群体生活中和谐发展的思想，都是正确的主题思想。试想观众来……潜移默化地受到编剧所传达的观念的影响，如果一个不正确的价……观众的内心，会引起什么样的恶果呢？即便是来看电影的绝大……影所传达的不正确的价值观产生反感，但是少部分不成熟的观……到影响。一部电影、电视剧的观众很多，如果编剧传达不正确……会给社会带来负能量。

编剧决定作品主题时要对看你作品的人负责，让观看的受众从中获取知识和力量。如果负面的东西太多，就会给社会带来不良影响。

四、如何找到主题

进行剧本创作之初，你也许有一个想法，但是这个想法只是一个模糊的概念，不足以支撑你坐下来写剧本。这时候就需要一个主题来戏剧化地表现这个想法。李·R.波布克在《电影的元素》中表示："一部影片的主题不必非是某种'教义'，甚至可以不是某种观点，对于一个剧本来说，它非常可能仅仅提示某种情调，后来这种情调变成主题。"

从想法变成主题的方法，悉德·菲尔德在《电影剧本写作基础》中表达得十分明确：主题，主要是指故事中的"人物"和"行动"。他还举了一个例子，电影《邦尼和克莱德》的剧作主题为大萧条时期克莱德·巴罗匪帮在美国中西部地区抢劫银行以及他们落网的故事。从一个动作和一个人物开始去寻找主题，是一个具体可行的创作方法，但是这只是一个出发点，最终要通过这个人物和人物的动作，也就是他的思想、语言、行动是如何发生改变的，来表达一种思想，目的才会真正达到。

有了想法以后，接下来就要开始查找资料，收集素材，寻找主题。素材就是还没有进行加工的原始生活材料。剧作家悉德·菲尔德将搜集素材分成几个部分：一是个人生活体验；二是个人采访；三是文字与实物资料。

电影《战狼》凭借着家国情怀的主题表达，打动了无数观众，编剧刘毅在接受采访时说："每部电影都有主题，说不考虑主题都是在忽悠人。如果没有主题，故事就塌陷了。我是觉得好的故事主题绝非是简单、片面、鲜明的，它隐藏在故事里，而且最好的主题表达就是把主题隐藏起来。一个故事为什么是个好故事，因为里面有它想要传达的意义和精神。当然，一部好的电影不同的人对它的主题读解是不一样的，但作为创作者本身，他肯定有自己想要表达的东西。根据我这些年的创作经验来说，好多主题是在创作过程中逐渐找到的。"[1]

主题的承载形式是故事，主题需要在写故事的过程中表达出来。从创意到故事梗概再到剧本，是一个由搭建框架到填充内容的过程。在这个创作过程中，主题逐渐清晰起来。主题在剧作中占有主宰地位，是作品表达的目标、焦点，或者说是编剧要表达什么，要告诉观众一个什么道理。它将未来剧作中的人物、情节、细节、对话、表演、结构乃至各种表现手段都统帅起来，决定着各种剧作元素的发展走向，剧本创作的最终目的是用最后的结局表达某一主题。因此，一切剧作元素要服从主题，为主题服务。只有这样，才能使剧作整

---

[1]　刘毅，陈中国.《战狼Ⅱ》：编剧是一门有"情怀"的手艺活——刘毅访谈 [J]. 电影艺术，2017（6）：62-67.

体的思想性和艺术性保持统一。

主题一旦清晰，就要围绕主题进行选材，不围绕主题进行选材的后果，就是观众看不明白主题，感受不到编剧所要表达的主题思想。霍洛道夫在《戏剧的特性和戏剧结构的特性》中说道："戏需要'建筑'，'建筑'得符合于思想意念和生活材料，'建筑'得明智、合理、经济、引人，'建筑'得使建筑材料不至于妨碍观众看到主要的东西——生活。"这里的"思想意念和生活材料"就是主题思想，主题思想是否明确，是否有意思，直接影响选材，并且这些素材是观众熟悉的，能够经常感受到、看到和想到的。

主题是剧本创作者所持有的观点、态度和看法等，主题找到了，故事的主线才能出现，冲突的开始、发展、高潮到结束，应始终围绕主题展开。

五、表达主题的技巧

（一）主题要单一

供小范围有共同爱好的群体观看的文艺片，主题不一定单一，很可能充满了多义性，可以有多种解读。但是，充满戏剧性的商业片主题要单一。一般来说，一部电影只有一个主题思想；一个以上的主题，观众很可能会看糊涂。剧情的推展、人物性格的展示及最后的结局都会围绕单一的主题展开，否则容易节外生枝，条理不清。

电视剧《大江大河》，讲述了20世纪80年代初期在改革开放的大背景下，以宋运辉、雷东宝、杨巡为代表的工、农、商先行者们在变革浪潮中不断探索和突围的浮沉故事，展现了我国政治、经济、社会等方面的巨大变革。电视剧一共有三条线索，错综复杂，主线是以宋运辉的故事为代表的工业发展，副线有两条，一条是以雷东宝的故事为代表的农村经济的发展变化，还有一条是以杨巡的故事为代表的个体经济的发展，三线并行，交叉讲述，结构复杂，人物众多，但是无论剧情怎么发展，结局如何，却始终围绕一种生生不息的理想主义精神展开，主人公对理想的捍卫与坚守深深打动了观众。这部电视剧虽然是宏大叙事，但是主题单一，浅显易懂。

（二）主题要充满张力

主题的表达主要通过人物形象的塑造、人物命运的变化来表现，主题千万不能说教，要赋予主题戏剧性张力。

1.主题的张力来源于对立

没有矛盾对立的主题，就不能引起观众的论争。一个人有大爱精神，能够感动人，但是如果这个人没有性格弱点，观众很可能不相信这样的人存在。构建矛盾对立，可以采用逆向思维，向相反的方向进行思考，或许会有新的发现。人们习惯于循规蹈矩，沿着事物发展的正向去思考问题，如果从矛盾的对立面思考，就会发现又是一番天地。

美国有不少电影是反映种族现象的。一般情况下都是黑人的身份地位低，白人在财富和所受的教育上优于黑人，然后白人越过种族界限，与黑人成为朋友。这一类的电影有《为奴十二年》《为黛西小姐开车》《汤姆叔叔的小屋》，当然这是一种体现主题张力的矛盾对立。这里要说的不仅仅停留在这个层面，而是一种角色的反转。电影《绿皮书》把这种关系调转了一下，将白人托尼设计成司机兼保镖、黑人唐变成高高在上的主人，正是这一设计产生了一种新的具有哲学意义的主题，唐衣冠楚楚，谈吐高雅，是钢琴博士，有着极高的音乐修养，托尼则是底层出身的街头混混，动不动就用拳头解决问题。

托尼出场时是在一间酒吧里做保镖，因为一顶帽子导致酒吧被封而失去工作，不得已接受了为钢琴师唐做司机兼保镖的工作。而唐出场时，则身披豪华衣袍，高傲地坐在满屋的奇珍异宝之中，在他的内心深处却藏着对自己肤色的忧虑和不安。电影用这种强烈的矛盾对立，揭示两个人的文化差异，在漫长的深入南方的巡演旅程中，贴着精英标签的黑人唐一直教导着来自底层的白人托尼。比如托尼吃炸鸡的细节，反映的是阶层和修养的差异；唐一个电话就让警局的种族主义分子立马放人，显示出唐用音乐赢得的尊重和平等；托尼给妻子写信时十分费力，毫无文采，甚至可笑，而经唐润色后，家信立即变得文采飞扬，情感充沛。整个电影以全新的角度彰显编剧对主题的哲思。

2.主题不能空洞

太空洞的主题无法引起观众的兴趣。主题的概念一般用一两句话就能概括出来，但不可以过于理性化、概念化，否则主题会毫无意义。小到亲情、友情、爱情，大到国恨家仇、生离死别，这些都可以写，但是要处理得十分具体，否则很难让观众产生观看的欲望。

电影《战狼》要表达的是英雄拯救他人的主题，这个拯救他人的英雄能力强大，拯救的人不分国界、不分肤色、不分民族。这时候主题只是一个概念，还要进行具体表现，比如当女主角打电话给美国大使馆时，美国大使馆说"你自己去解决吧"，于是这个英雄就出马了，解救了所有被困的人。这个英雄是我们中国的救援部队，并且最后举着中国的国旗通过战场。有了这些情节，主题才真正地落地了，中国英雄去拯救他人，传达出一种"中国精神"，这种精神需要一个载体，于是就投射到中国国旗上。也正是这个具体而微的表达，激发了很多观众的家国情怀。

3.主题不能偏激

主题偏激不能引起观众的共鸣，要想做到主题不偏激，编剧最需要做到的就是深入了解生活，并将情感根植于生活，这样主题才能表达准确，引发观众共鸣。

电视剧《欢乐颂》要表现的是来自不同阶层的五个女孩的生存状态，阶层是一个十分敏感的话题，如果编剧不了解生活，很容易偏激，引起观众的反感。《欢乐颂》开头直接介绍了五个女孩的身份，通过居住条件、家庭情况、工作情况以及穿衣打扮来表现来自不同阶层的人物的生活面貌。每个阶层的人物的优点和缺点，编剧都能够真实而又准确地把握，尤其是曲筱绡和樊胜美。家境出身好的曲筱绡行事为人高调而又傲娇，但是热情机智，为朋友两肋插刀；家境出身清贫的樊胜美爱慕虚荣，但是面对家庭的苦难，要尽的责任又义不容辞，绝不推诿。

电视剧脱离富家女自私、贫家女品质优秀的传统模式，结合时代精神，表现出当代社会中丰富而又立体的阶层文化，通过积极、美好、友爱、互助的主题，将整个故事串起来，引发了观众的共情与共鸣。

（三）主题表达要明确

剧作主题的表达方式有多种，在戏剧式影视剧作中，主题的表现是遵循"冲突律"的发展而呈现的，绝大多数好莱坞剧情片都是这种表达方式，比如《罗马假日》《肖申克的救赎》《巴顿将军》等；在散文诗式影视剧作中，主题的表现较为含蓄，主要依靠情绪渲染来表达，如《哦，香雪》《城南旧事》《小城之春》等；在先锋派、实验电影及现代派影视作品中，主题的表达比较晦涩、多义，发人深思，如《广岛之恋》《去年在马里昂巴德》《一条安达鲁狗》等。

需要特别强调的是，主题的表达和影视作品的功能有关。如果你的作品要获得商业收益，无论长短，无论是在影院，还是在自媒体平台上播放，都要有一个明确的主题。如果你的作品主题含混晦涩，但是镜头语言足够有创意，兴许能获奖，但如果放到市场去检验，观众绝对不愿意看一个主题不知所云的作品。

不仅电影和电视剧这类鸿篇巨制要有明确的主题，哪怕就是一个几十秒的短视频，同样要有主题。在2005年4月，Youtube创始人之一的贾德·卡林姆发布了人类历史上第一条短视频"我的动物园"，这段视频仅有19秒，卡林姆站在动物园的大象前面说："这些家伙有好长好长好长的，呃，鼻子。好酷！"谁也没有想到，这段玩笑般的日常生活记录及其所代表的分享视频的模式，开启了人类使用影像自由表达自我的新时代。如果说在短视频发展的初期，其功能还更多地在于"观看"，那么随着移动互联网和智能手机的普及及新技术的出现，今天的短视频已经超越了"观看"的意义，在呈现生活方式，服务生活需求，表达生活观念的广度、深度与速度上，都获得了极大扩展。

如果是一个讲故事的短视频，主题一定要简单易懂。有一部短片叫《黑洞》（*The Black Hole*），讲述一个加班的男子在办公室的奇遇。办公室的打印机打印出的一张纸上出现了一个黑洞，这个黑洞似乎并不属于这个世界，但可以通过这个黑洞取到后面的东西。于是这个男子不断地索取，最后因为贪婪被留在了保险柜中。短片虽短，却清晰地表达了一个富有哲理性的主题，那就是人性中的贪婪。讲好故事，主题的表达至关重要，编剧进行创作，主题必须明确且深刻，才能够激发人们的情感共鸣。

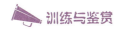训练与鉴赏

一、训练

1.训练目标

为你所要创作的剧本寻找一个主题。

2.训练方法

你可以试着从新闻媒体中寻找能够吸引你的人物或事件，思考你的故事结构框架，然后试着用几句话表达出来，形成你所需要的主题。如果你无法概括出你的主题，可以试着用1 000字左右来描述这个故事，找到人物和人物的行动，最终去掉一些不必要的人物和事件，形成你的主题。

3.训练提示

在主题建构与呈现之前，要问自己以下三个需要解决的问题。

第一个问题：我对主题是否有深刻体会？

创作者不仅要有主见，还要对主题有深刻体会，只有这样才能写成出色的作品。

主题十分明确，编剧在创作的过程中就有据可依，剧情推展、人物性格、结构安排就可以围绕主题展开。如果创作者对主题摇摆不定，人云亦云，恐怕就不太可能收集足够的素材来表现主题。就算是勉强为之，创作者也很难有热情、有耐心完成一个不得不说的故事，即便是说完这个故事，观众也无法从你创作的影视作品中体会到表达的热情，感觉到的只可能是剧情的单薄。

第二个问题：我所表达的主题是否有意思？

观众有自己的生活和时间安排，凭什么非得要看我的作品？这就涉及趣味性。我们表达主题的时候不能太生硬，剧作者表达的主题思想不可太直露。主题的表达不能流于表面，要深层次地表达，既要不露痕迹又要有迹可循。应该将主题蕴含在引人入胜的剧情和鲜明的人物性格之中，观众在看完影视作品之后，能领悟到主题思想，这才是主题思想的表达方式。

第三个问题：我表达的主题有思想价值吗？

回答这个问题，需要创作者站在观众的立场上去思考，观众为什么要看我的电影或电视剧？看我的作品有什么收获？影视作品不仅要有观

赏性，还要有思想性，这是观影心理上的需求。人在寻求娱乐的同时，总想从中得到什么。如果一部作品只是单纯的有趣，可能给人的分量就轻，算不上上乘之作。如果观众在娱乐之后，还能从中提炼出有意义的东西来，这部作品就会上升到一个高层次的境界。

二、鉴赏

1.观看韩国电影《寄生虫》，从人性的角度进行思考，归纳电影的主题思想。

2.观看印度电影《摔跤吧，爸爸》，从动作和人物出发分析归纳电影的主题思想。

第二章

人　物

"曾经有一份真诚的爱情摆在我的面前，但是我没有珍惜，等到了失去的时候才后悔莫及，尘世间最痛苦的事莫过于此。如果可以给我一个机会再来一次的话，我会跟那个女孩子说我爱她，如果非要把这份爱加上一个期限，我希望是一万年！"

　　周星驰的电影《大话西游》中的这段台词，经久不衰，电影对小说中孙悟空形象颠覆性的表达，曾经在学术界引起很大的争议。1995年，《大话西游》在内地上映，因为发行原因遇冷，却挡不住两年以后在内地高校和网络上流传并迅速走红。

　　吴承恩的小说《西游记》里的孙悟空是一个神通广大、嫉恶如仇的形象，我们却看不到他的七情六欲。周星驰的《大话西游》，正是从这个点切入，将孙悟空塑造成一个"情圣"，一个"爱情的代言人"，与原著中的孙悟空形成了强烈的反差。

　　孙悟空化身为五百年后的至尊宝，成为一个打家劫舍的土匪，过着不知情为何物、逍遥自在的日子。白晶晶的到来，让他明白了什么是爱情，在与白晶晶的情感纠葛中，因为内心的"一滴眼泪"，他发现自己五百年来内心一直珍藏着一个人，那就是与紫霞仙子的爱情。于是他回到五百年前，与紫霞仙子重逢，终于明白了什么是真爱，最终为解救自己的心爱之人，甘愿戴上紧箍咒，忘记与紫霞仙子的那段情感，走上去西天取经之路。

　　"世间安得双全法，不负如来不负卿"，电影对孙悟空的诠释，正是如此。这不仅没有使孙悟空这个人物形象受损，甚至还在某种程度上起到提升的作用，也使得电影成为经典。

　　塑造一个好的人物很重要。

　　从小说到戏剧再到影视，能够让我们记住并且很多年不忘的是那些鲜活的人物，这些人物为什么能够吸引我们？因为他们具有鲜明的性格。因此，编剧着手编写剧本，第一要务就是写好人物性格，整个情节结构都是围绕人物性格展开的。因此，在写剧本的时候，从人物出发开始编写故事，就相当于顺产，如果从情节出发编写故事，然后再来打磨人物，就相当于难产。

一、人物的重要性

影视作品是世人生活的缩影，我们能从发生的故事里看到人情、人性，从而产生兴趣、共情共鸣。观众看电影和电视剧时喜欢看人物的故事、人物的命运，还有人物的喜怒哀乐，我们通过影视作品中的故事，看人生百相，看人和人如何相处，思考人生的价值、生存的方式等，通过人物和人物的故事获得美感和享受。

或许有人会说，很多故事里的主角不是人，是动物，或者是妖魔鬼怪，要知道即便是动物，也被赋予了人性。比如《西游记》里的猪八戒，作为动物具备猪贪吃贪睡的特点，作为人又有好色的毛病，总体上来说，他虽然一身的毛病，但是为人善良，最终一路保护唐僧去西天取经，顺利完成任务。还有动画片，很多讲的都是动物的故事，但也是通过人的视角以拟人的手法看世界，讲的还是人的世界。

韦尔特在《独幕剧编剧技巧》中说："主题，只不过是人物总价值；情节，只不过是人物在行动之中。个别的人物本身就是人世的一部分……人物是剧作家和观众之间的思想通道。在人物里，抽象的思想成为具体的形象——并且有说服力。"是的，人物十分重要，这段话十分通透地说明了人物的重要性。"人物是剧作家和观众之间的思想通道"，也就是说观众看戏，看的是人物，通过人物的思想行为来理解作者的意图。

首先，编剧只有塑造出有趣味的人物，使观众感兴趣，观众才会耐心看这个人物的言行举止和他的人生经历。如果观众不关心剧中的人物，也就不会去看剧情、了解主题思想。

布莱克·斯奈德在《救猫咪：电影编剧宝典》一书中谈到，他之所以要将这本书取名"救猫咪"，是因为"救猫咪"的场面能够打动人，当我们见到主角并发现他正在做一件"救猫咪"的事情时，这个场面足够打动观众，观众本能地会喜欢他，因为他善良。这个道理进一步印证了人物的重要性，尤其是塑造一个观众喜欢的人物的重要性。既然观众看戏，想看人的故事，那么我们就必须写好人。

其次，人物是影视剧作的核心，鲜明的人物形象是剧作主题得以体现的基础，人物形象寄托着观众的审美理想，观众通过生动真实的人物形象实现自我认同。

漫威系列电影为什么受欢迎，是因为它通过一部又一部电影构建了一个典型的英雄模式，这些英雄虽然性格特征各异，但是普遍有一个特质就是侠肝柔肠，能够拯救人民于水火之中。钢铁侠、美国队长、鹰眼、绿巨人、奇异博士、蜘蛛侠等，当危险来临时刻，他们都能力挽狂澜。他们之所以能够获得观众的喜爱，是因为这些英雄人物能够做普通人做不到的事情，他们身上寄托了观众的审美理想。

英雄人物寄托着观众的审美理想，将普通人物塑造好了，能让观众从他们身上看到自己生活的缩影，引发共鸣。电视剧《大江大河》立足于改革开放这个大背景，从小雷家村三位青年的视角，展现"草根"人群的奋斗历程和传奇命运，以小人物观照大历史，从宋运辉大学毕业后进入国企金州化工厂、雷东宝带领乡亲们发展村办集体产业、杨巡走南闯北搞个体户发家，真实地再现改革开放中这些人物在时代的大潮流中命运的沉浮。观众通过观看电视剧回忆历史，被人物为理想而奋斗的执着精神打动，产生共鸣，继而产生对历史和人性的思考。

再次，故事情节的发展，源于各种不同性格的人，人物主宰着动作，做出动作的目的也是塑造人物。

写剧本时应从人物性格的逻辑出发，推动故事情节发展，同时还应根据故事情节的发展变化展现人物性格的变化。随着故事情节的发展，在特定的境遇中，会产生各种不同的人物关系，以及矛盾、论争。因此，影视作品的戏剧性情节是从不同人物性格里派生出来的。

谍战剧《暗算》中有一个人物叫"阿炳"，他是一个近乎"弱智"的盲人，但是听力和记忆力惊人，是一个能够用耳朵破译密码的天才，能够从浩如烟海的电波中找到敌台，最后因为"听"出自己刚出生的孩子是野种而选择了"自杀"。阿炳性格中的自卑、狭隘、敏感、自信、自尊是随着情节的推展逐渐展现出来的。阿炳因为从小生活在封闭的偏僻小镇，没见过什么世面，所以狭隘，因为是残疾人，所以他骨子里是自卑的，却又用自尊来掩盖自己的自卑，他被带回特别单位701帮忙破译密码，不准别人质疑他的能力，他对自己的能力充满自信。为了保护他的自尊，701专门给他配了勤务员，甚至还帮他成了家，娶了一个健康的妻子。他那像窗户纸一样薄的自尊被保护着，激发了他巨大的潜力，3天找到了15个敌台。由于他骨子里的自卑和狭隘，他动不动就发火，自认为自己是大英雄，甚至有些目空一切。当孩子一出生，他"听"孩子的哭声，发现孩子不是自己的，是妻子与别人生的，一时间感到奇耻大辱，自尊受到莫大的打击，加上他那无法启齿的性无能，他只有选择一死了之。阿炳的死，是他性格所致，极端自尊的背后是极端的自卑，他最后故意扯电线触电自杀这一结局是由他的性格派生出来的。

在写剧本的时候，写作的步骤一定是先写人物，再写情节。并不是说编剧只着重人物性格的描写，不重视情节的发展。只着重描写剧本中人物的性格，就只是一种表面描述。要真正地表现人物性格，就必须把人物放到情节中去，在情节的发展中展现鲜活的性格。编剧必须在人物经历了一连串事情以后，从他的反应、言论、行为等来认知这个人物。就像生活中我们认识一个人，光听他自己或别人描述他怎么好没有用，要经历一些事情，看看他在这些事情中的反应、言论、行为以后，才能真正看清这个人的面目。剧本中的人物性格也一样，需要各种考验、试探才能显露出来。编剧要将人物塑造与情节结合起来进行设计，不能顾此失彼、厚此薄彼。

影视作品就是讲故事，故事中要有事件，而剧本中的事件应有意识地与人物关联，目的是让观众能够从人物身上看到自己的影子，产生共鸣。

｜二、寻找人物｜

编剧最基本的技能就是塑造典型人物，不擅长塑造人物的编剧是不合格的。典型人物从哪里来？从生活中来，即便是历史人物，甚至是无中生有的人物，都要像我们亲眼见到的一样，具有典型的性格特征。典型的性格特征是指通过编剧技术加工后塑造出来的最具代表性的性格特征。

因此，编剧要深入生活，观察世态百相，收集各种资料，对资料进行分析、研究、概括、集中、加工，最终形成典型人物。这是一个一年三百六十五天每天都要做的工作。

1.随手记录

作为一名编剧，要养成收集资料的本能。但凡生活中看到、听到的，觉得有用的东西，都要随手分类记录下来。编剧王丽萍以创作生活剧而闻名，她创作的电视剧《婆婆媳妇小姑》《错爱一生》《媳妇的美好时代》等，都创下了很高的收视率。她有个习惯，喜欢随手记录周围人说的话和做的事，早些年用笔和本子记录，后来就用手机记录。这些随手记录的内容为她塑造现实生活中的人物起到了很重要的作用，她成功塑造了一批栩栩如生的女性形象。同时，她还是一个喜欢跟周围的人聊天、拉家常的人，王丽萍的剧作生活气息这么浓，与她跟自己周围的人接触并随手记录他们的生活有很大关系。

随着科技的发展，记录更加方便，用手机可以随时记录各种素材，包括对陌生人的描写、古怪有趣的名字、一时间产生的感慨等。这些不仅要记录下来，还要定期进行分类整理，详细标记，以免到看的时候一团乱麻，摸不着头脑。除了观察生活中的所见所闻之外，在各种报纸杂志、电影电视、广播、互联网等平台上看到、听到的，都可以作为必不可少的资料留存下来，这些对日后的创作是非常有帮助的。

2.保持敏感度

世界万象更新，千奇百怪，生活中能记录的事情很多，如何进行选择呢？这就需要编剧养成敏锐的习惯，普通人看世相，不会有太多的思考，编剧则要做一个善于思考的有心人。不是编剧的人看电影，很可能只会被电影的剧情吸引，但是编剧看电影就不能局限于此，或看到电影塑造人物的巧妙技法，或看到电影细腻的情节安排。这就是编剧的职业敏感。

电视剧《媳妇的美好时代》播出之后成为热门话题，编剧王丽萍在一次接受采访的时候说："我自己是学新闻出身的，做新闻的人都有一点敏感性。电视剧不是说我今天写，明天就能播出来的。我现在写的剧本，要制作成电视剧，可能一年后才能展现在观众面前，这就需要我打一个'提前量'，预估一下，未来观众的口味可能是什么。那苦情戏看多了，当然需要一点轻喜剧的调剂。"[1]正是这种职业的敏感，让她在这部电视剧里塑造了一个善良、风趣、机智的媳妇毛豆豆的形象，受到观众的喜爱，这部电视剧不仅在国内播出，还

---

[1] 孙立梅.我是有新闻敏感的编剧［N］.新闻晚报，2013-03-02.

输出到国外。

编剧的敏感不是一蹴而就的，是长期养成的。时时记得观察、研究并记录，慢慢就会养成吸收材料的习惯，在潜移默化中增强敏感度。一天二十四小时，一年三百六十五天，包括睡觉做的梦都可以作为写作的材料，自己的喜怒哀乐也是素材，所以养成习惯很重要。

三、怎样设计人物

明确了人物的重要性，进行剧本创作的当务之急就是要创造一个从无到有的人物，并对这个人物的性格进行精细设计。在写情节之前，要先写好人物小传，即便是有非常好的情节，故事很有意思，也要先放一放，花心思设计好人物，特别是人物性格。传统的方法是写下剧中每一个人物的小传，就好比这个人物是真实存在一般。人物小传一般包括四个方面。

1.人物的物理属性

人物的物理属性包括性别、年龄、外貌（含身高、体重、肤色、健康状况、生理缺陷、遗传病等）。

2.人物的社会属性

人物的社会属性是指社会阶层、工作情况、受教育程度、家庭情况、智商、社会历史、特殊嗜好等。

3.人物的心理属性

人物的心理属性包括人物心态、道德观念、情绪、脾气、态度、野心、幻想、迷信等。

4.人物的经历

从人物的小时候写起，一直写到他长大成人，这期间他经历了哪些事情，这些事情对他日后的为人行事产生了什么样的影响，要尽量详尽。

写人物的成长经历，也是了解人物的过程。剧作家埃塔列说："人物是我们写作时，不得不注意的基本材料，所以我们必须了解人物，了解得愈透彻愈好。"一个人物从无到有，到活生生地站在我们面前，要经历一个漫长的过程，编剧要从方方面面了解自己所创作的人物，长相、性格、爱好等，很多细微的地方都要考虑，甚至常常有写了几页纸的人物小传又被推翻的情况。这种写了又推翻的过程就是人物设计的过程。编剧只有对笔下的人物进行事无巨细地了解，并产生亲人般的感情，才能写出好剧本。

四、人物的典型化

戏剧理论家和教育家贝克在《戏剧技巧》中把剧作中的人物分为三种类型：一是概念化人物。"概念化人物是作者立场的传声筒，作者毫不把性格描写放在心上。"二是类型化人物。"类型化人物的特征如此鲜明，以至于不善于观察的人也能从他周围的人们中看出这些特征。"这种人物"每一个人都可以用某些突出的特征或与其密切相关的特征来概括"。三是个性化人物，也有人译作"圆整人物"。"圆整人物在类型中把自己区别开来，大的区别或者细微的区别。"这种人物具有性格的多侧面性和复杂性，他们的性格复杂到无法用简单的话语来概括和分析。

贝克所说的个性化人物，是指这个人物既可以代表一类人物，具有共性，同时这个人物还有自己独特的一面，具有个性。既有共性又有个性的人物，就称为典型人物。

首先说说共性，即这个人物具备某一类人物的特征，我们常常称之为类型化人物。类型化人物有两方面特征：第一是特征明显，我们往往可以用一两个词来概括人物性格，观众很容易把握；第二是形象鲜明，与现实生活中的人物相比，类型化人物的性格是经过提炼和夸张的，在通过生动的细节加以充实后，形象更加鲜明突出。

比如宫崎骏对自己作品的定位是"一个简单的人说出的简单故事"，他善于在电影里塑造各种各样的少女形象，这些少女都有一个共同的性格特征，那就是勇敢。灾难来临时，她们敢于承担责任，面对一切困难，勇敢地征服邪恶，战胜敌人，获得正义和和平。

《天空之城》的女主角希达被监禁在飞行战舰上，她趁朵拉一族进攻的混乱之际逃脱，不断受到追捕。原来希达是隐藏在空中云层中的天空之城拉普达的继承人，她身上的石头则是传说中能够操纵拉普达的飞行石。在被追捕的过程中，她勇敢地面对一切困难，最终找到拉普达，并宁愿放弃身份摧毁自己的城堡，也不愿其被坏人用来毁灭世界。

《千与千寻》中的主人公千寻，不情愿地跟随家人搬到乡村，他们在搬家的途中迷了路，无意中闯进了人类的禁地。千寻的父母因为贪吃变成了两头猪，为救出父母逃离这个不是人类能够生存的禁地，千寻勇敢地接受汤婆婆的条件，急速成长，变成一个"勇士"，她凭着信心和勇气，努力工作，用自己的真诚与善良实现了自己的目标。

成人看的作品，仅仅有共性是不够的，还需要塑造出人物的个性。所谓个性是指一个人物与他的同类人物有不同之处，由他独有的个性再表现出典型的共性。比如塑造一个古代的暴君形象，这个人物很可能集合秦始皇、明太祖、元顺帝等的共同心理，残忍嗜杀，观众看到这个人物，马上就接受了暴君这个观念。但是，仅仅这样是不够的，这个暴君还要有自己的个性。同样是电影中的秦始皇，张艺谋导演的电影《英雄》中的秦始皇坚毅、果敢，不念儿女私情，毕生践行一统天下的夙愿，陈道明饰演的秦王说："六国算什么，寡人要率大秦的铁骑，打下一个大大的疆土。"而陈凯歌看过《英雄》以后对张艺谋说："我不认为牺牲个体生命成就集体是对的。"在这之前他导演了一部电影《荆轲刺秦王》，颠覆了主流认知中的秦王形象，塑造了一个敏感、善变、孤独甚至极度缺乏安全感的统治者形象。这就是不同导演对人物个性的不同理解。

编剧在塑造典型人物的时候，必须兼顾共性和个性。电视剧《都挺好》讲述了母亲死后，三个子女如何安置父亲苏大强的故事，长子苏明哲、次子苏明成、小女儿苏明玉三个人物的设计既有共性又有个性。苏明哲是家中的长子，母亲死后他自觉担任起管家的责任，孝顺、服从父亲，从他身上观众可以看到"长子"的共性。但是这个人又有自己的个性，他勤奋上进，当年家里卖房子供他读清华、出国留学，家里有了困难他当然要全力以赴，但是高学历不等于擅长处理家务事，他常常把事情想得太简单，面对父亲很多无理的要求，他选择一味顺从，甚至不惜以牺牲自己小家庭的幸福为代价。次子苏明成，是"啃老族""妈宝男"，好吃懒做，油嘴滑舌，很会讨母亲喜欢，因为从小被母亲宠着长大，自私自利，凡事都为自己考虑，这也代表了一类人。他也有自己的个性，遇事不够冷静，禁不住挫折，容易暴怒。与母亲的感情深厚，强烈反对父亲再婚；对妻子疼爱有加，时常送她爱心小礼物；与自己的妹妹积怨颇深，对其拳脚相加，不近人情。因家里重男轻女，小女儿苏明玉从小就受到不公正的待遇，这样的家庭环境造就她独立自强的事业型女强人的性格，这是不少女性具有的共性。她也有个性，外表刚强，内心柔弱，希望被关爱、被照顾。她外冷内热，刀子嘴豆腐心，每当苏家发生事情，她都会倾其所能解决困难，甚至为患病的父亲放弃自己心爱的事业。

塑造典型人物，作者要有深刻的观察力、分析力、概括能力，通过设计，这个人物要有思想、有内容，让观众感到这个人物并非凭空捏造，而是有血有肉的，才会对这个人物产生感情。贝克在《戏剧技巧》中说道："外部动作或是内心的活动，其本身并非戏剧性的。它们能否成为戏剧性，必须看它是否能自然而然地激动观众的感情，或通过作者的处理而达到这样的效果。"这里所说的"自然而然"很值得探讨。人与人之间产生感情一般有两种情况，一种是被外形所吸引，另一种是被性格所吸引。观众对剧中人物产生感情，也是一样，人物性格足够鲜明，富有典型性，观众就容易了解、容易认同。

即便是自媒体上的剧情类短视频，也要讲究典型人物的塑造。比如，有一个知识科普类账号"神探大妈"，专注于揭秘骗局。每一期视频讲述一个跌宕起伏的小故事，通过剧情设计揭露生活中常见的种种骗局，吸引了众多粉丝。账号的人物形象是一位满头银发、行动敏捷、精明干练的老年大妈，这位大妈富有亲和力和正义感，使观众产生了人物认同感，正是这种移情作用使得这个账号有九百多万粉丝。每期视频结束，这位"神探大妈"还会进行骗局总结，与观众构成交流。

如果人物性格模糊、不统一，甚至反复无常，难以了解，观众就很难产生感情。观众只有对剧中的人物产生感情，被人物所吸引，才会关心人物的一切，进而认同人物的所作所为。

人物形象塑造是一个不断丰富、不断完善的过程，构建典型人物要从以下几个方面入手。

（一）人物不平凡

要树立人物不平凡的观念，剧中的每个人物要充满不平凡的特性，平凡处境下的人和事，是日常生活现象。但是观众来看电影，目的不是看平凡的人和事。因此电影和电视剧要把生活中不平凡的人和事以及处境有机地、浓缩地表现在观众面前。无论是主角和配角，都要有不平凡的一面，也就是说人物要具有传奇性。所谓的传奇性与平庸、毫不稀奇正好相反，观众期望看到既出其不意，又合情合理的事和人。

在八集网络剧《猎狼者》中，秦昊扮演的魏疆出场的时候，是一个整天喝得醉醺醺、蓬头垢面、军大衣上露出烂棉花的邋遢而平凡的护林员，但是这只是表面，事实上他是一名退伍的森林警察，有着传奇般的经历。五年前，他在执行任务的时候，与偷猎团伙进行殊死搏杀，亲眼看见自己的好战友、好兄弟被偷猎者残忍杀死。他一个人独活到现在，而偷猎者下落不明，他每天都活在失去兄弟的煎熬里。他表面上是个粗汉子，狂放不羁，言行古怪，实则心思缜密，身手过硬，情感细腻。他从内心深处热爱保护区这片土地，有很强的责任心，最终他用自己的方式保护身边的人，无畏前行，与穷凶极恶的偷猎团伙誓死周旋，令偷猎者终被伏法。电视剧塑造了一个看似平凡，实则不平凡的人物，正是人物的不平凡才使得故事情节惊险曲折。

（二）人物定位

你要塑造一个怎样的个性人物？这个人物的基调是什么？肯定要先有一个感性的、概括的想法。这是最具原创性的一部分工作，作者的灵感正体现在这里。进行人物定位，一般来说，要从四个方面入手。

（1）人物要有强烈的戏剧性需求。所谓的戏剧性需求，是这个人物要有一个愿望，但是实现这个愿望有一个障碍。

（2）人物要有明确的个人观点。人物有明确的个人观念，并且还要十分坚持这个观念。

（3）人物要有个性化态度。人物有态度，并且这个态度要有个性，还要很坚决。

（4）人物要有变化或转化。人物要形成一个成长的弧度，如果没有变化或转化，人物就会显得平淡。

在电影《摔跤吧！爸爸》中，人物的戏剧性需求十分坚定和强烈。在这部电影里，父亲马哈维亚有一个强烈的愿望，就是要为印度拿到世界摔跤金牌的梦想。但是梦想在他这里实现不了，他想生个儿子，把儿子培养成世界冠军，没想到妻子一口气生了四个女儿，眼看他的梦想就要破灭，但是这个戏剧性需求并没有那么容易结束，他要把女儿培养成世界冠军。然而，在这个村子里，有认为女性摔跤就是挑战男权的歧视女性的传统，这就是阻碍。

父亲马哈维亚有一个强烈的个人观念，他认为男女平等。他不惧传统观念的压制，勇敢地与世俗偏见抗争，态度十分坚决地改变传统观念对女孩的要求，让女孩剪短发、穿短裤、改吃鸡肉，最终用传统摔跤技法把两位女儿训练成了职业摔跤手。大女儿被选入国家队以后，他反对大女儿用国家队教练教的摔跤技巧，然而大女儿却用这套技巧打败了父亲，但大女儿在国际比赛中多次失败，后来在父亲的帮助下才重获信心。

故事的结尾，父亲选择了放手，在自己不在场的情况下，女儿获得了世界冠军，这是父亲马哈维亚的转变。他从手把手地教女儿，到把女儿送到国家队还是不放心，最终到选择放手，女儿成了世界冠军。整部电影人物的需求、观点、态度、转变十分明显，人物丰满而又立体。

因为，只有人物的需求明确了，即清楚人物行动的目的，才有助于情节的展开，叙事才有力量。行为目的与动机要与人物性格相匹配，这个人物要有鲜明的个人观点和个性化的态度，才不会放弃行动的目的，虽然有转变和变化，但最终都是为了实现最后的目的和需求。

（三）杂取种种人，合成一个

"杂取种种人，合成一个。"来自鲁迅的创作体会，鲁迅说过："人物的模特也一样，没有专用过一个人，往往嘴在浙江，脸在北京，衣服在山西，是一个拼凑起来的角色。"对生活中的原生态人物进行选择、提炼、合并，并对人物的特点进行夸张放大，也是塑造典型人物的一种方法。我们可以从现实生活中寻找各种人物的性格和行为特征，将其有机地聚合到所要创作的人物身上。鲁迅在《阿Q正传》中塑造了阿Q这一人物形象，阿Q这个人物身上聚合了很多人物的性格特点，他欺负弱小，遇到比他强大的人就自我安慰，于是"阿Q精神胜利法"就产生了。把各种复杂的性格集中在一个人身上，这个人物就成了典型人物。

这种方法最关键的是选择和提炼，现实生活中的人都是多侧面的，性格复杂多变，也往往不够典型，这就要求剧本创作者对人物性格进行简化，选择那些最有典型性、最鲜明、最富有表现力的个性特征。通过把某类人物的性格特点集中到一个角色身上，再夸张放大，甚至极端化，人物的形象会变得更加鲜明独特。

（四）为人物增添性格化的细节

这是最重要的一步，在影视剧中，我们不可能直接告诉观众，这个人物很善良，那个人物很自私，要让观众自己去发现人物个性。那么，当你为人物设计了某种性格特征之后，就要用细节去表现。

细节设计可以围绕人性展开，无论你的主角是动物还是植物，或是想象出来的某种东西，他们的个性特点、思维逻辑，还是来源于人，所表现的思想内涵也必然是"人性"的某一部分。

冯小刚的电影《芳华》的主人公刘峰，天性就是助人为乐，他帮助弱小者免受欺辱，帮助所有在北京的战士带回他们的包裹，帮助炊事班长打沙发、吃露馅的饺子、追赶逃出猪栏的活猪，正是这些细节展现出刘峰人性的美好，也反衬出郝淑敏等人在等级上的优越感。男兵嫌弃何小萍有汗臭味，不愿意跳舞托举她，他忍着腰伤托举何小萍，用行动为何小萍打抱不平，维护何小萍人格上的尊严，也反衬出那些莫名其妙嫉恨何小萍的人内心的自私。他暗恋着林丁丁，甚至为了她放弃提干的机会留在剧团打杂，并因一个情不自禁的拥抱，改变了自己后半生的命运。

细节不是凭空想出来的，需要在现实生活中收集众多发生的事情，看看面对这些事情，剧中的人物可能是一个什么反应。这些反应也不是凭空而来的，要按照事先确定的人物性格进行估计，反复试探，创作者就能够深入认识自己设计创造的人物。就像认识我们的亲戚和朋友一样，经常接触碰撞，凭着一些有利害关系的冲突，渐渐地就认识了这个人物，真实地感受到这个人物的性格特征。

（五）进行差异化设计

进行人物性格差异化设计，最常见的做法是把性格相反的人物放在一起，以此产生戏剧化效果。这里要强调的是，吸引观众的不仅仅是正面人物的性格，富有典型性的反面人物的性格，也同样能够吸引观众。观众对正面人物的感情是喜欢、欣赏，对反面人物的讨厌、憎恶、唾弃也是感情。

比如，忠与奸是性格的抽象概括，不同时代对忠与奸的阐释不完全一样，结合环境、时代、地域的不同，对忠与奸的性格进行设计，构成鲜明而自然的人物性格十分重要。

在TVB时装剧大受欢迎的年代，有一部港剧叫《义不容情》，讲述了一对亲兄弟（哥哥丁有健、弟弟丁有康）之间的恩怨情仇。他们的母亲莫名其妙地卷入一场谋杀案，父亲拼尽全力想为其讨回公道但失败，母亲被判了死刑，父亲也在极度悲伤中自杀。兄弟俩被人收养长大，相依为命却性格各异，哥哥阿健开出租打零工供弟弟上了大学，弟弟阿康虽然十分能干，但为人十分残忍，为达目的不择手段；哥哥阿健却正好相反，为人十分耿直，在是非面前绝不含糊。因为两人的性格不同，最终弟弟阿康一步步走向毁灭，哥哥阿健在事业上获得成功。

还有动画片《猫和老鼠》，猫和老鼠的独特性就是它们的性格形成了鲜明的对比。猫和老鼠本身的造型、性格特征并非独一无二，但把它们放在一起，所组成的人物关系比较新颖和独特，也容易引发戏剧冲突，产生噱头和笑料。类似的双人搭档在迪士尼的许多动画片中可以看到，如《米老鼠与唐老鸭》中的米老鼠与唐老鸭，《疯狂动物城》中的兔子和狐狸等。

通过设计性格的差异来强化人物各自的鲜明特征，不同人物个性特征之间的差异会使人物各自的特征更加突出。有时候，这种对比还能营造出新鲜有趣的效果。电影《唐人街探案》中秦风的舅舅说自己是上知天文、下晓地理的"唐人街第一神探"，其实这个神神道道自称唐人街第一神探的人，接的都是抓小三、找猫狗、送快递之类的活儿。而秦风虽然是个考警校落榜的结巴少年，不善言辞，但天赋异禀，擅长推理断案。两个人放在一起，形成了电影幽默搞笑的喜剧风格。

（六）反复打磨人物性格

如果人物性格还没有设计好，即便是有特别好的情节在手，也要先放一放，先花时间反复打磨，设计好人物的性格。易卜生说："我坐下来写一个人之前，总把人物的性格在心里想透了。我一定得把握住他灵魂的最后一条皱纹。我永远从人物性格写起，舞台背景、戏剧效果等一切油然而生，不会叫我操心。只要我掌握人物性格的每一方面，我心里也得有他的外部形象，要想到他最后一颗纽扣，他怎样站着、怎样走路、怎样行动，他的声音又是怎样等。把他们的命运写尽了，我才罢手。"只有从人物性格开始写剧情，才能够顺利写好剧本。只有全部人物的性格确定下来以后，才能根据人物性格选择事件、推展情节、统筹全局。所以，人物性格要反复打磨。

反复打磨、想好人物性格之后，还要将人物放进脑海里试演一遍，如果不行，再进行调整。李渔在《闲情偶寄》中说道："言者，心之声也。欲代此一人立言，先宜代此一人立心。若非梦往神游，何谓设身处地？……说一人，肖一人勿使雷同，弗使浮泛。"编剧要具备丰富的想象力，要有通过想象把剧情放进脑海里让人物试演一遍的能力。如果不满意，还得叫停，仔细检查修改，再最终确定下来。只有这样，编剧才能真正地认识角色并融入角色的情感中，脑海里才会产生一个活生生的人，对这个人的说话、行动都一目了然，十分清楚。编剧只有完全进入角色的心理中，清楚地看到剧中人物，了解剧中人物的命运，预见人物的未来，这个人物才算完成。经过反复推倒重来，精心打磨，设计好人物，了解人物性格，才能运用人物所具备的性格产生戏剧冲突，推动剧情向前发展。

总之，精心进行人物塑造，了解和设计人物，选取人物最主要的特质，围绕人物的动机与需求展开故事，并在矛盾冲突中塑造人物性格，在主要情节点中突出人物形象，才能写出与人物性格相符的剧本。

 **训练与鉴赏**

一、训练

1.训练目标

从你要写的剧本中挑选一个人，最好是主要人物，为其写一个人物小传。

2.训练方法

这个人物很可能是从无到有的，那么就需要你从这个人物的生理属性和社会属性两大方面去思考。

生理属性主要是这个人物的外貌特征。比如，他长得十分英俊，但是身上有伤痕；社会属性指家庭情况、工作情况。再比如，家里重男轻女，她的出生就是多余的，爷爷奶奶希望有一个男孩，爸爸整天唉声叹气，妈妈却当她是个宝。

你可以按照时间顺序来思考，以5年或10年作为一个时间段，来想你笔下的这个人物的人生经历。这个人物的来龙去脉都要想清楚，虽然这个人物所有的人生经历在日后的剧本中不一定都用得上，但是对于写剧本一定会有帮助。

特别提醒：人物小传的重点要围绕剧情发展中的关系展开，将所要创作的主要人物的来龙去脉写下来十分重要。

3.训练提示

构思、设计人物时，最常用的方法就是找一个同类型的形象做样板，可以是以前看过的资料中的人物，也可以是生活中熟悉的人物。

编剧彭三源创作的电影《失孤》，讲述的是一个父亲寻找丢失的孩子的故事。最早她是在报纸上看到这个父亲的故事，他寻找丢失的儿子13年，让她十分震撼。彭三源通过"宝贝回家"公益网找到了这位叫郭刚堂的父亲。后来她去采访了郭刚堂，觉得这个家里不是特别有生机，40多岁的郭刚堂说几句话就叹口气。这次采访结束后，双方就开始紧密联系，编剧还开导郭刚堂，劝他除了找孩子，还要对后来生的儿子尽到父亲的责任，给他一个阳光一些的家，并且说要把家里收拾得亮亮堂堂，让有可能找到的孩子回家后能感受到父母的爱。于是郭刚堂调整了心态，还在第二年春节打来电话，说家里贴上了春联，挂上了"吉祥如意"。

这部电影由刘德华主演，电影放映以后感动了很多人，正是编剧彭三源与生活中的原型近距离的接触，才能够把人物设计得如此打动人。

找到生活中的模特，按照生活中的模特进行设计，并不是要把模特的一言一行都照搬到剧中角色身上，还要有目的地进行抓取、挖掘、改造，使这个人物具有典型性。

深入生活，观察生活，从中获得第一手材料，对所获得的第一手材料进行分析、研究、概括、集中、选择、提炼，然后加工成典型人物。

二、鉴赏

仔细阅读下列人物小传，分析人物小传的写法，并对不足之处提出修改意见。

我是公主

一、创意

二十集魔幻式现代爱情童话喜剧。

特点：21世纪版本的公主故事，故事主角白雪偶然会在幻想的画面中用歌舞演绎心情。可能是她对如迪士尼般的美好世界的追求，也可能是她对现实的倾诉。

参考作品：*Ally McBeal*，*Ugly Betty*，*The Enchanted*

二、主题

你有过这样的童话梦吗？

一根火柴一个梦想！青蛙变王子！一只玻璃鞋决定了一生的幸福！沉睡的公主一觉醒来，遇上骑白马的王子，一同历尽艰险，把无恶不作的坏人和巫婆打败，从此有情人终成眷属，永远快乐地生活在一起！童话就是如此的简单快乐！

在童话国度里，公主、王子用不着忧心柴米油盐，遇到困难也总得仙人指路，也不用为厕所板有没有放妥的问题而起争执……童话式的爱情发生在现实里，未免有点痴心妄想。现实世界没有永恒不变的幸福，人、事、环境都会随时日而转变，怎可尽如人意？也许这只能永远留于心底让人暗暗盼望。只不过，你甘心么？会就此放弃追求么？

故事将围绕三个不同性格的女孩子——白雪、阿谈、小鱼展开，展示她们对爱情和幸福的追求，对"永远快乐地生活在一起"这句话的不同理解……当她们历经了爱情的风风雨雨之后，都会有新的体验。她们发现，快乐其实并不是一种状态，它不一定就如童话国度里的公主和王子相拥着看夕阳直到永远，快乐并无固定的方程式。快乐其实可以是一种意志和心态，只要下好决心作好准备，即使面对任何改变，谁都可以继续快乐地生活下去！

三、人物

白雪（21岁）

白雪家境不俗，生活条件优越，涉世不深，不太懂世情，纯情天真，很容易被人欺骗。她敢做敢言，人前人后都会展示自己的真性情。她喜欢过温馨浪漫的生活，吃吃甜品，买买衣服，高兴起来还会在众目睽睽之下手舞足蹈地唱歌。她的动作在别人眼里看起来似乎有些夸张矫饰，这是她的真性情所致。遇到挫折的时候她会有失落感，但是她有她的排解方式，诸如用扮靓、大吃一顿之类的方式来安慰自己，心情很快就会好转，诸多烦恼也都抛于脑后。她美丽漂亮，甜美动人，厨艺高明，一向大受男生们的欢迎。

白雪一直相信这个世界上仍然有"永远快乐地生活在一起"的童话般的爱情，所以坚持要等到遇到自己心目中真正的白马王子的那一刻。

白雪的母亲很早就死了，父亲娶了继母，尽管继母一直对她居心巨测，但是单纯的白雪并不能识破，和继母的关系还好。父亲对白雪疼爱有加，视其为掌上明珠。白雪在外面有了心仪的男孩子，男孩子打算和她结婚，但是父亲坚决反对。在继母的怂恿下，她离家出走，来到和男孩子共同买的房子里，却发现这个男孩子是骗子，根本找不到他的下落。为此白雪不敢回家，在继母的推波助澜之下，她就住在这所大房子里。

白雪的职业是婚庆策划人，每次替人举办婚礼的时候，她都会尽心尽力地对待，比新人的亲朋好友还真诚，总是衷心地为一对对新人送上最诚挚的祝福。在工作期间，她遇到了七个不同的男人，这七个男人都是伴郎，每一个人第一眼见到白雪就会喜欢上她。但是白雪发现这七个人有不同的缺点，虽然其中有一两个比较出色，但是当白雪准备送上自己初吻的时候，却发现他们并不是自己心目中的白马王子。这七个人最后在一个舞会上同时出现，就像七个小矮人一样。

在这一段寻寻觅觅的日子里，一个身份多变的男子总时不时出现，他英俊、富有学识但神秘，他对白雪总是若即若离，叫白雪捉不到、猜不透，却一步步地着迷，渐渐动心。终于尝到真正的恋爱滋味，白雪感受到原来现实的恋爱远比童话故事里的更精彩刺激。然而，身边人总给白雪泼冷水，天底下没有完美的人，白马王子不可能在现实中出现。只不过让大家都意想不到的是，他的身份居然真是尊贵的王子！

冷诙（23岁）

出身农村的贫穷女孩，尖酸刻薄，冷漠自私，甚至会欺凌弱小，但是积极进取，敢爱敢恨。看似老于世故，但是这种世故是表面的，因为她毕竟还年轻。冷艳高傲、独立进取、桀骜不驯的背后，实际上掩盖着内心的自卑，她生怕被人瞧不起。

在她很小的时候，父亲就无情地抛弃了她和她的母亲，娶了带着两个女儿的继母。母亲因为无力养活她，把她送到了父亲身边，父亲对她冷漠无情，继母的两个女儿经常欺负她，所以阿诙对这个世界充满了怀疑，不相信这个世界上还有真爱。

阿诙立志走出农村，来大城市打拼，寻求阔绰富贵的生活。但是她找的工作并不如意，千辛万苦才找到一份专门给人打扫卫生的工作。尽管收入微薄，但是她十分勤奋，多做三倍的工作量。她的生活十分节俭，常常一天三顿吃馒头凑合。一个人在房间里的时候她穿补丁衣服，在人前她常常穿名贵服饰，装扮成贵妇出入高档名店，身上的蛛丝马迹虽常被店员觉察，但是别人不说穿她是冒充的。

为了能够接触到富家公子，她经常去一些有钱有势的人出入的场合，希望有朝一日能够攀上高枝。尽管如此，她并不曲意逢迎，乱抛媚眼，而是冷艳高贵的样子，以至于经常会有富家公子自动拜倒在她的石榴裙下。她和这些富家公子相处，发现他们实际上很难侍候，她又不愿意出卖自己的贞操，因而双方经常会闹得不欢而散。而这些富家公子一旦发现她"灰姑娘"的底细以后，一个个都带着嘲讽离开了她。

终于有一天，她在舞会上认识了一个富家公子，两人十分合拍，相处期间，她偶尔露出一些粗俗的举动，他一点也不在意，她可以在他的面前尽情展示自己的天性，她几乎快要相信他就是她的白马王子。但是一个致命的打击来了，原来这个富家公子是冒充的，只不过是一个穷小子而已，他也发现她只不过是个"灰姑娘"，两人以分手告终。

想不到的是，有一天，阿诙竟在舞会里结识到一位首次让她心动的男人，那男人叫凡常平，虽然相貌一般，但为人温柔细心，还乐意包容阿诙一不小心暴露出来的缺点。正当阿诙像中了头奖彩票一样兴高采烈之际，她发现凡常平根本不是什么贵公子，他只是一个贵公子身边的私人助理，还是带着一个六岁女儿的鳏夫且巧合地就住在她的隔壁。阿诙气得不行，从此视凡常平为仇敌，事事针锋相对，偏偏好好先生凡常平毫不在意，对阿诙依旧每事关怀。就这样，两人成了欢喜冤家，就此没完没了。

后来阿诙终于成功钓得金龟婿，找到一个知道她"灰姑娘"底细又愿意跟她结婚的有钱人，但她发现那人早有家室，已非她所能得。

因为白雪的影响，还有凡常平父女的存在，阿诙渐渐意识到，快乐不一定是住在金碧辉煌的城堡，与其一个人孤单地享有锦衣玉食，对着魔镜顾影自怜，还不如住在家徒四壁的贫民窟，只要你爱的那个人把你当成公主一样捧着，你就是公主！更何况凡常平有一份稳定的工作，生活不愁，一家三口可以快乐地生活在一起！幸福竟然如此简单！

凌小鱼（17岁）

白雪的表妹，大学生，游泳队队员，游泳技术精湛。长相平平，戴着宽边眼镜，脸上还有少许雀斑，但是身材很好，可惜不懂得装扮，埋没了好身材。她对自己的外貌很没有信心，以至于有些害羞，在自己喜欢的男子面前说话会口吃。但是没人的时候，她说话却很流利。

小鱼因为自卑害羞，有些自闭。她担心被人取笑，常常低头走路，放学后就匆匆回家，只爱好上网，看爱情小说，就连外出吃饭都不愿意。但是暗地里她找了一份兼职，是电台的主持，能够在空气中大谈爱情问题，虽然深受年轻朋友的欢迎，却没人知道这位播音公主是谁。

小鱼暗恋学校里的一位师兄，但是一见到他又很害羞，甚至跟他说话还口吃，更不用说大胆向他表达爱意了。机缘巧合，她竟然在网上和这位师兄聊上了，两人聊得十分开心，也十分投缘，终于在师兄的强烈要求下，两人相约见面。

小鱼因为自卑不敢和师兄见面，只好找一位美女同学代替，自己则装作美女同学的好友。美女同学与师兄一拍即合，小鱼顿时觉得酸溜溜的。看着师兄和美女同学卿卿我我，小鱼一点儿办法也没有，只能自我安慰。

小鱼在网上继续和师兄沟通，对他的爱越来越深，几乎不能自拔，但是又不能和他在一起，于是伤心不已。白雪知道以后，不忍看着小鱼如此伤心，鼓励她勇敢地向师兄表白。小鱼终于鼓起勇气向师兄表达自己的感情，却适得其反，吓走了师兄，这样一来，小鱼更加伤心。一向冷漠的阿该忍不住插手帮忙，给小鱼进行形象设计，小鱼脱胎换骨，师兄见到小鱼以后，顿时眼前一亮，小鱼得到重新认识，与师兄的关系顺利发展。

但是事与愿违，原来师兄并非表面上这么好，小鱼为了留住师兄，处处容忍，什么都听他的，甚至为他改变自己的饮食爱好、生活习惯等，最后终于失去自我，就连自己最喜欢的游泳也放弃了。

可就是这样还是不能留住师兄，他要出国了，小鱼终于选择了放弃。尽管很伤心，但是她仍然相信"永远快乐地生活在一起"的爱情是可以找到的，因为她毕竟还小，还有很多机会让她认识心中真正的白马王子。

令她想不到的是，她等来的竟然是师兄反过来追求她。

凡常平（30多岁）

相貌平平，心地善良，助人为乐。为人忠厚老实，被人捉弄也不太计较。只要无伤大雅，别人占他便宜他也觉得无所谓。

老婆去世以后，独自带着小女儿过日子，里里外外一把好手，日子虽然过得很艰辛，却也其乐融融。他很能干，家里的任何事情都能做，是个"万能博士"。

他是白雪等人的邻居，经常事无大小地帮助三个女孩子，从来不图任何回报。

凡馨儿（6岁）

天真活泼，热衷所有的童话故事，特别是关于公主、王子的故事，爱一切有关公主的玩具和摆设，更喜作公主打扮。一直跟爸爸相依为命，人小鬼大，常盼望父亲能再找到爱情，为她找个漂亮的母亲。喜欢白雪的亲善，害怕阿诙的冷漠，视她为巫婆化身。一直努力拉拢白雪和父亲成为一对，偏偏父亲爱上阿诙，小家伙因此从中不停破坏……

王子矢（27岁）

常常出没在白雪身边的神秘男子，高大英俊、器宇不凡，有学识、有礼貌。只是他身份多变，又经常来去无踪，曾被误会为特务、警探，甚至罪犯，意想不到的是他居然是货真价实的小国王子……

任毅（20岁）

身材高大，英俊漂亮，玩世不恭，还有些花心，是一个还没有成熟的大男孩，不太懂得珍惜感情，后来幡然醒悟：那个女孩竟然还在原地等他。

四、故事梗概

在不是很久很久的以前，在一个不是很远很远的国度……

在一个化妆舞会上，美丽的白雪公主（白雪）和冷艳的灰姑娘（阿诙）同时艳压四座。二人同时被假王子看上，白雪为他离家出走，阿诙为他赔上毕生积蓄。等到白雪、阿诙两位小姐知道受骗时，假王子早已带着从她们手中骗来的钱财逃之夭夭。

二人坚持留在假王子的房子里，誓要等到讨回公道的那一天！不过，再真实一点的真相是，白雪早为了假王子而跟父亲翻脸，变成有家归不得；阿诙因为被假王子骗去一生积蓄，亦是无家可归。

两个截然不同风格的女孩子，被迫结为室友。白雪和阿诙的性格相差很大，阿诙受不了白雪的爱心泛滥，白雪看不过眼阿诙的冷酷自私……为了对抗阿诙的霸道，白雪索性请表妹小鱼也搬进来，想多一个人跟她共进退，不料，小鱼天性随和，居然跟阿诙交上朋友……

三个性格迥异的女孩子同住一屋，各自拥有不同的爱情童话梦，她们由最初的争斗，到终于渐渐变成好友，彼此互相帮助、互相影响……也共同应对爱情路上的风风雨雨……

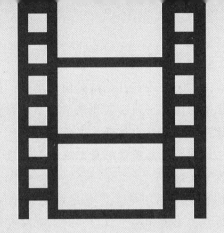

第三章

人物关系

电视剧《大江大河》共两部，剧情时间跨度长，讲述了以宋运辉、雷东宝、杨巡为代表的国有企业、集体经济、个体经济在改革开放变革浪潮中的故事。故事分三条线索展开，本来没有什么大的交集，但是无论剧情怎么发展，这三个人总是能够交织在一起，为什么呢？是因为建立了一个稳定的"三角关系"。

宋运辉和雷东宝的关系很明显，宋运辉的姐姐宋运萍嫁给了雷东宝，两人是亲戚关系；宋运萍去世以后，两人之间有了兄弟情，得互相关照。

宋运辉和杨巡的关系是，最初宋运辉在乡下喂猪的时候，杨巡家很照顾他，到了电视剧第二部的时候，杨巡事业做大了，想要把公司搬到东海，有求于宋运辉。

雷东宝和杨巡是乡亲，杨巡折腾着要发财，总是被雷东宝骂不靠谱，最后杨巡的公司挂靠在小雷家名下。

全剧将三个人物勾连起来，建立了一个稳定的三角关系，正因为这个三角关系，剧情才不零散，三人始终交织在一起。

"三角关系"是人物关系的核心秘诀，任何题材都可以用这种"三角"关系。为什么呢？一是从内部看，三角形是比较稳定的，容易表达情感；二是从外部看，三角关系里面还可以再生出更多的人物关系，形成一个广阔密实的人物关系网。

设计人物关系，一定要注意"三角关系"。

高尔基在《文学论文选》中提到："情节就是人物之间的联系、矛盾、同情、反感和一般的互相关系，某种性格典型的成长所构成的历史。"由此可见建立人物关系是多么重要。剧作家写故事情节，就是写所设计的人物之间的各种关系，透过剧中人与人的关系，看到产生的各种冲突，然后进行调和。在这个过程中，人物性格也在变化的关系中成长，观众也从中受到启发。

一、建立人物关系

每个人物设计完毕，编剧就要扩大视野，建立人物之间的关系。人物关系的建立是在冲突与和谐中产生的，人与人之间总是处在大大小小，或简单或复杂的冲突中，然后又逐渐走向和谐。建立人物关系，要分清主要人物、次要人物、群众式人物。

1.主要人物

主要人物除了男女主角之外，还包括常见的配角，在剧本写作中称为男二、女二。作为主角身边的主要人物，他们也是编剧需要重点刻画的中心人物，对剧情的矛盾冲突有一定的影响作用。主要人物适宜以大幅度的篇幅进行塑造，同时其性格或人物弧光应当贯穿全剧，推进主线的发展。

一般来说，编剧应该通过描述和动作等细致展现他们的心理状况，主角的心理会影响他人的行为。编剧主要利用主角的思想、行为表达他要说的话和他的观念。

怎么让作品的主人公更突出呢？

第一，保证戏量。主人公出现在剧情中的时间，肯定会远远多于其他人物，他/她就像一颗恒星，而其他人物则是环绕他/她的行星，主次很分明。

第二，保证主人公在矛盾冲突中的中心地位。在戏剧矛盾的旋涡中，主人公始终是推动剧情最主要、最有力的那股力量。矛盾因他/她而起，因他/她而发展变大，最终也因他/她而解决。

2.次要人物

次要人物主要泛指主角身边的过渡性角色，次要人物并非可有可无，他们多是帮助主角度过小冲突或处于其矛盾对立面的角色。次要人物的性格以及形象同样需要花费篇章去重点塑造，由于其篇幅有限，因此对其塑造的方式应当精练而突出。

次要人物也就是重要的配角，一般来说指具有某种独特性格的人物，编剧主要描述他的性格特征，由他协助主要人物带动剧情发展。这些人物要有鲜明易见的性格，比如《三国演义》里的张飞等人。

3.群众式人物

为巩固剧情的真实性或剧情发展所需的是群众式人物，其在剧中占据的篇幅不高，同时对主线发展也没有过多的影响，具有一定的可取代性，为次要的配角。

因此，在刻画此类人物的时候不需要过多的笔墨，着重于其表面性格特点，赋予这类人物某些共性即可，这类人物没有被刻画成有个性的角色，一些大家常见易懂的性格代表有媒婆、傻小子等。

主要人物中一定要有一号人物，这个一号人物，或者叫作主人公、男女主角，是核心人物、最主要的人物。选择的一号人物必须和主题相扣，要充分考量这个人物具有的主观能动性和剧情推动力，故事主要由一号人物带动，他要在情感上打动我们。

确定一号人物后，再围绕一号人物进行人物关系的设计。在写故事之前，我们写好一号人物的小传，对一号人物十分了解这是第一步。第二步是围绕这个一号人物进行人物关系的设计，好的人物关系的设计使情节的编排更加顺利，编剧不用冥思苦想就能写出来。

人物关系可以围绕一号人物与周围人物的亲密程度来设计，最里面的一层是血缘关系，比如爷爷、奶奶、父母、兄弟、妻子、儿女等；往外延展就是社会关系，比如朋友、同事、仇人等。围绕一号人物的这些关系并不是都要用上，对这些关系进行思考只是为了打开我们的思路，拓宽我们的领域。真正的人物关系的建立，是戏剧性的逻辑关系，也就是影视作品中人物之间的富有逻辑性的因果关系。

同时，人物关系也不是一成不变的。人物关系会跟随剧情的推进而变化，人物关系的变化也会推进剧情的转折，其中最为著名的莫过于曹禺所写的《雷雨》，每一次人物关系的变化均使剧情产生极大的转折，让观众的期望产生了颠覆性的反转，从而大大提高了观众对剧情的依赖性。

二、冲突关系

冲突关系一般分为三个方面，包括人与人之间的冲突、人与环境的冲突、人的内心冲突。

1.人与人之间的冲突

人与人之间的冲突很普遍，有观念上的因是非善恶、真假美丑产生的冲突，还有利益冲突、信仰冲突、性情冲突等，剧本写作就是把这些冲突系统而有条理地组织起来展现给观众。

家庭伦理剧大多讲的是人与人之间的冲突，比如电视剧《贫嘴张大民的幸福生活》《家有九凤》《父母爱情》《金婚》等，都在讲述人与人之间的冲突。

2.人与环境的冲突

人与环境的冲突，包括人与自然环境的冲突和人与社会环境的冲突。

人与自然环境的冲突，即人与非人为世界的对抗，诸如天气、地理环境、宇宙等，就属于人与自然的对抗。比如，电影《攀登者》讲述的主要冲突就是在攀登珠穆朗玛峰的过程中，人与恶劣的天气、地势等自然环境的冲突。电影《流浪地球》讲述在不久的将来太阳即将毁灭，太阳系已经不适合人类生存，面对绝境，人类开启"流浪地球"计划逃离太阳系。在执行这个计划的过程中，以航天员刘培强为代表的无数人挺身而出，用生命完成了这个宏伟计划。

人与社会环境的冲突，以电影《我不是药神》为代表。主人公程勇私自贩卖从印度带回来的治疗慢粒白血病的天价药格列宁，一开始是为了赚钱，后来在医生舒曼的帮助和指引下，由自私走向无私，为病人的生存权抗争。从道德上来讲，他有正义的一面，但是又因为私自贩卖药品的行为触犯了法律，法不容情，这就是个人与社会环境的冲突。最后程勇投案自首，被判了5年有期徒刑，本来要判8到15年，后酌情考虑他的行为，少判了几年。

3.人的内心冲突

人的内心冲突，一般是指自我良心、欲望、信念、信仰等产生的冲突。比如，电影《搏击俱乐部》讲述了生活苦闷的泰勒为了寻求刺激与好友杰克组成"搏击俱乐部"，在那里他们可以宣泄一切不快的情绪，通过自由搏击获得片刻快感的故事。电影表面上是两个有着极端性格的主角在表演，实际上表现的是一个人因内心冲突产生的幻想，一个弱者幻想出一个强者，这个强者十分强大，无所畏惧，随心所欲，为所欲为。当人物受到内心冲突和不安全感的折磨时，就会产生冲突。

大多数冲突都是人与人之间的冲突，用正面人物表现正确的思想观念，用反面人物表现错误的价值观念，随着冲突的变化，人物之间的关系也会发生变化。

三、突出对立关系

突出对立关系，就是要围绕正面和负面两个关系，建立好两大阵营。两大阵营建立好以后，一旦这两种关系相遇，就会产生纷争，观众要看的戏也就有了。编剧在建立各种人物关系的时候，首要任务就是建立最尖锐突出的关系，这是各种关系的中心，其他各种关系都可以从这个关系衍生。

对立关系确定之后，就可以进行辅助关系的设计。任何一个次要人物的产生都要带着他的戏剧任务，那就是为主要人物服务。每个出场的配角，在剧本结构上的任务，都是用来衬托主角、反映主角的。主角在剧本结构上的任务，是用来反映主题的。每个配角都要直接或间接地与主角产生关联。

围绕对立关系设计其衍生的辅助关系要注意以下几点：一是差异性，如果关系同质，就进行合并；二是互补性，同一个阵营的人物的性格要有互补性；三是对比性，性格内向和性格外向的搭配，爱动的和爱静的搭配，这样才会有戏；四是关联性，人物不能孤立存在，必须依照因果逻辑相互产生联系；五是丰富性，人物形象不能单一，要三教九流、高矮胖瘦都有。

四、做好人物关系表

人物关系表就是用图解的方式绘制出全剧的人物关系。首先，我们要找出一个中心人物，这个中心人物一定是主角，要么是男主或女主，要么是两个都作为中心人物。其次，从中心人物展开关系线索，对每条关系线索进行说明，既要说明与主角的社会关系，例如父子、夫妻等，也要说明他们的感情关系，例如恩人、仇人、情敌等。然后，还要从主角出发延展到其他角色中去，配角之间的关系也要互相勾连，并对他们的社会关系和感情关系进行说明。

做好人物关系表，要抓住几个要点：

第一，以主要人物为核心。无论是社会关系，还是感情关系，都要以主要人物为核心，人物关系远离主角，很容易产生与主干关系不紧密的旁支。

第二，不宜建立过于复杂的关系网，尤其是电视剧，如果建立太多、太复杂的关系，容易纠缠不清，令观众看不明白。

第三，人物关系要有变化。人物的关系并非固定在一个层面上，人物关系往往是带着情节推展的，并且有先后变化，之前是同学，后来可能是夫妻，也有可能之前是冤家对头，后来成了朋友。随着社会关系的变化，感情关系也随着变化，感情变化是有迹可循的，一定有原因，一定发生了什么事情导致了变化，这就是情节的曲折。在做人物关系表的时候，人物关系的变化可以用时间来注明，如分为早期关系、中段关系、末尾关系，分别注明清楚就可以了。

第四，不可喧宾夺主。这是指配角与配角之间的关系，不能喧宾夺主。配角之间的剧情不能掩盖主角之间的关系，也不能掩盖主角与配角的关系，否则剧情就没有主要线索，观众也没有主要线索可追。

第五，人物关系网要具有逻辑性。例如嫂嫂爱上小叔子，有悖人伦，但是如果其中有曲折复杂的原因，并言之成理，就可以是一场好戏。深爱这个女人，又痛恨这个女人，看似矛盾，但是如果其中的原因符合逻辑，合情合理，也会是一出动人的好戏。最忌讳的是没有理由没有逻辑的关系，理由不充足，必然令人难以置信。

总之，编剧在做人物关系表之前，要再三考虑主题、人物、故事、结构后开始下笔。人物关系表是未来剧本的胚胎，如果胚胎不好，剧本恐怕很难成型。

五、如何表现人物性格

戏剧影视作品主要通过动作和语言来表现人物性格。贝克在《戏剧技巧》中谈道："戏剧里，毫无疑问对观众最强烈的、最直接的是动作。可是如果剧作家要和观众畅所欲言地沟通思想，那么，写好台词是不可以缺乏的。但一部戏的永久价值，却在于人物的塑造。"这段话清楚地说明人物性格要通过动作和对白来表现。

编剧首先要把塑造人物放在第一位，人物塑造好了，人物性格明确了，接下来就要展开故事情节，故事情节的推动力是人物性格，需要靠人物的动作和对白来呈现。

（一）动作

影视剧的剧情，通俗地说就是动作和语言。所谓的动作，不单单指活动的动作，还指角色的行为表现，也可以是通过行为表现出来的心理活动。影视剧中的动作讲究的是"动中表达"，动就是活动，没有活动就没有动作，就不是戏。例如，一个人在睡觉也是戏，但是如果从头到尾睡几个小时，那就不是戏了，那是记录，是没有变化的动作，也是没有动机的动作。

重要的是要让人物发出动作，并且在考虑人物的行动之前，要依据人物的性格特点，对剧中的人物进行心理分析，分析人物当时的心理状况。韦尔特在《独幕剧编剧技巧》中说："性格描绘是辨识人物，而心理分析是揭示人物。性格描绘表现人物性格的已知领域，而心理分析揭露人物性格和品质根源。"在创作的过程中，对剧中人物进行心理分析和探讨是编剧主要的工作，要仔细研究角色会不会这样做？如果自己是剧中人的性格，会怎样做呢？孟称舜在《古今名剧合选》序中提到，"撰曲者不化其身为曲中之人，则不能为曲"，曲在今天就是戏剧，这句话的意思是：编剧要把自己融入剧中人的性格和处境之中，设身处地地感受将面对的人、事和关系，从剧中人的角度设想戏剧动作和对白。如果编剧不假设自己是戏中人，戏剧动作、对白就可能脱离了戏，就没有了活力。

不仅如此，编剧还要考虑人物做出这个动作观众能不能接受？也就是说，观众能不能领悟或想到人物有此行动的原因？而且不单要为某一个人物设想他的心理状态，还需要替围绕着他、与他有关的人物设想，替需要面对该人物的其他角色设想，替一切与这件事或这段剧情有关的剧中人设想。

经历了这个过程，编剧会发现，依照人物的性格设身处地地思考他们的动机、反应、感受可以增加很多意想不到的情节和感情，不仅可以丰富人物性格，还可以带动剧情进入高潮，使该段剧情增加不少趣味。

首先，从人物做出动作的动机出发进行思考很重要。编剧要明确人物的动机，人物不仅要有动机，还要有强烈的动机。动机是什么？动机与主题紧密联系，编剧决定剧本的主题，而主题要通过剧中主要人物的性格来表现，编剧要以主题思想维系主角的强烈动机。

主角的动机强烈，剧情就有强烈的吸引力。戏剧讲究冲突，当两种不同性格的人发生冲突的时候性格就展现出来，如果一个主角没有强烈的动机和需求，意志力薄弱，在冲突中不愿意坚持下去，选择放弃，那么就不会产生戏，更不能表达作者所要表达的主题。只有人物的动机强烈、意志坚定，戏才好看。

通过动作表现人物性格，要强调人物的感情。剧中的角色要具有感情，感情与理智是相对的。如果角色一直充满理智，戏就没有动力，如果角色充满了强烈的感情，他所展示出来的动作必定能够感染观众，激起观众的感情，并使其产生共鸣。观众看戏是看人物在某一件事发生后做出的动作，这个动作一定要有动机，且动机要强烈、有意志力、充满感情的力量。

比如在网络剧《猎狼者》中，魏疆的动机非常强烈，五年前，盗猎者杀死了他的好同事、好兄弟赵诚，避开要害对赵诚开了十七枪，每一枪都不致命，令他的好兄弟被活活冻死在雪地里。赵诚是为了救他而牺牲的，他一个人独自活下来，这么多年，他一直活在内心的煎熬里，不抓住盗猎者他活不下去。正是这个强烈的动机，以及对死去的兄弟赵诚的感情，令他不要命也要抓住这伙盗猎者，为兄弟报仇雪恨。

其次，动作要具有戏剧性。动作的戏剧性是指在冲突和危机中展现人物的动作，表现人物的性格。

观察日常生活我们会发现，我们会从一个人的行为动作出发认识他，并且可以认识得比较清楚。比如一个人的穿衣打扮，这个就是动作，我们可以从外貌、着装、各种姿势对一个人进行判断，通过这种方式往往可以初步了解一个人。然后再经过一段时间的相处，我们对这个人的了解就会更加深入，甚至通过矛盾冲突、利害关系等加速了解这个人，这就叫日久见人心，或者说患难见真情。

但是，在影视作品中没有太多的时间让观众慢慢了解人物的性格，编剧就需要明确地告诉观众这个角色的性格，因此，角色一出场就要经过考验，经过患难、危机、冲突等戏剧性元素来表现人物的性格。编剧应安排一件富有戏剧性的事件，让观众看到人物性格中的主要部分。

诸如灾难电影、科幻电影，一般都会采用这种戏剧性的开场，比如《中国机长》一开场就是空难，《流浪地球》一开场就是地球面临毁灭。就算是讲老百姓生活的电视剧，开场第一集即便没有危机，也有矛盾冲突，如电视剧《都挺好》的第一集，苏母突然离世，对毫无主见却又自私、小气的苏父的安置和后续生活问题，打破了这个家庭的平衡，三个子女开始为父亲的问题发愁。

（二）台词

台词分为对白、独白和旁白。影视作品中常常用对白表现人物性格，用独白和旁白来表现人物的心理活动。

对白具有展现人物性格和推动故事情节发展的作用，我们通过对白了解人物，与他们之间产生感情联系。

对于独白和旁白，需要注意的是，影视作品强调用画面来表达心理活动，因为心理活动有时候看不见摸不着，虽然最简单的方法就是用独白和旁白，但是接近生活的电影和电视剧用独白和旁白来表现人物的心理活动，有时候会显得不自然，往往偶像剧中用得比较多一些。编剧表达人物思想行为的方法很多，独白和旁白只是其中的手段之一，能用其他表现方式的可以不用独白和旁白，这样看起来会自然一些。

六、表现人物性格的技巧

1. 从他人带出

好比"久仰大名，如雷贯耳"，剧中的人物未必一开始就出现，可以通过另外一个角色向观众介绍，只要描述得有声有色，人物的出场效果同样有力。这样就造成了耳闻不如一见的效果。

电影《沉默的羔羊》中，年轻的FBI探员克拉丽丝·斯塔林接到一个任务，帮助寻找一名失踪女性，据悉这名少女已经落入以剥人皮而臭名昭著的连环杀手"水牛比尔"手中。为了解这名变态杀手的扭曲心理，克拉丽丝准备咨询正在狱中服刑的"食人魔"汉尼拔·莱克特教授。汉尼拔的出场就采用了这种方法，在这个人物没有出场之前，影片通过其他众多的角色对汉尼拔这个人物进行描述。影片中大约有五分钟是克拉丽丝与探访者的对话，这些对话给观众留下他吃人、血腥、冷血、异样优雅的暴力等印象，大大加重了克拉丽丝的压力，也加大了观众对将要出场的汉尼拔的悬念。

等真正见到关在牢房的汉尼拔时，只见牢房灯光明亮，没有铁栏杆，取而代之的是加厚的玻璃，汉尼拔梳着整齐的头发，穿着干净整洁的囚犯服，面带微笑，笔直地、一动不动地站在牢房中央，深邃的目光看着克拉丽丝，很有礼貌地问了一声"早上好"。与一切先入为主的预设相反，我们看到的不是一个恶魔，而是一个十分优雅文明的人。

2. 用人物出场表现

电影与电视剧往往通过人物第一次出场的一个小情节来表现人物最关键的性格，比如一个人物粗心大意，就可以用准备上飞机却忘记带身份证来表现。这一情节要简单明了地表现人物的性格，不能模棱两可、高深莫测，令观众看不明白。

安排角色出场一定要分清主次，一般来说，主要角色的出场一定要比配角的出场更有分量。设计主角出场的时间、场合、发生的事情，都应该有强烈的戏剧性。主角最重要的性格，他的相貌、形象关系着主题思想的表达，也应该在此不露痕迹地、自然而然地一一展现。

配角如上文提到的，是为了主题思想而存在于剧本之中的，他们有各自的任务，或是为了烘托主角，或是为了关联其他角色，归根到底都是为了突显主角。设计配角出场时，一定要考虑到主角的地位，不可喧宾夺主。

一定要站在观众的角度去考虑角色如何出场，因为观众一开始不认识角色，不知道哪个是主角、哪个是配角，这就要靠编剧来设计，让观众一目了然。

电影《这个杀手不太冷》中杀手莱昂的出场很精彩，短短几分钟，一下让观众感受到这个杀手的神秘与强悍。深蓝色的大海，茂密幽深的丛林，在这座海边城市里出现的杀手莱昂，扶着一杯牛奶的手饱经沧桑，戴着一副将眼睛隐藏得很深的墨镜，正在做一场只能透过反光的眼镜片才能勉强看到全貌的交易，这个出场将莱昂的神秘表现得淋漓尽致。紧接着，影片向我们完整地展现了莱昂完成一次任务的全过程，整个过程我们没有看到莱昂清晰的全貌，但是我们了解到莱昂作为杀手的水平十分高超。

做好人物出场，能给观众留下重要的第一印象。生活中，陌生人给我们的第一印象很重要，如果第一印象深刻，往往会令人十分难忘。所以编剧在影视作品中要擅长有效地、浓缩地使用第一印象，以便给观众留下深刻的印象。

3.主角出场带出问题

主角出场之后，还要给观众留下一个"问题来了"、好戏在后面的印象。因此，主角出场之后，马上带来问题很重要。剧情因主角来了而产生变化，故事就此开始。

电视剧《琅琊榜》中的江左盟宗主梅长苏是一个在江湖上令人闻之色变的神秘人物，表面上看他是一个高冷儒雅的公子，但是他做的那个有关梅岭血战的梦，让观众一看就知道他的出场必然带来问题。惨不忍睹的战场，父亲伤痕累累的身影，"小殊，活下去，为了赤焰军，活下去"的呼唤声。梅长苏又一次从十二年前梅岭血战的噩梦中惊醒，他抚摸着赤焰军手环上刻着的"林"字，心绪难平，良久不语。后来我们才知道，梅长苏就是林殊，他身负七万赤焰将士的血海深仇。为了给赤焰案平反，他拖着病体准备了十二年，终于返回金陵，走进皇宫，开始运筹帷幄，谋划平反。

4.用布景、道具、光线烘托

很多编剧认为布景、道具、光线不是编剧的事情，事实上这些十分重要，编剧要尝试用这些方法来烘托人物，在剧本中描述出来。不要认为这是闲笔，编剧要有意识地通过布景、道具、光线的描写来表现人物的性格。

电影《刺客聂隐娘》剧本的第二场有一段描写，这段描写中，有布景、道具、光线等，不仅烘托了黑衣女子的神秘、武功高强，还充满了悬疑色彩。

晌午，某节度使府内院，蝉声嘹亮，庭院扶疏树木间，黑衣女子闭目直立如树干。树底下，阳光炽白的廊庑有婢女进出居室。

顷刻，浮云蔽日，庭院光影一暗凉风骤起的瞬间，黑衣女子睁眼离树，飞鸟般掠入居室，隐匿于梁柱斗拱上。

室内，大僚与小儿在卧榻嬉戏，婢女捧果鲜随侍在旁。

黑衣女子闭目谛听。良久，蝉声稀落，嬉戏声渐歇。

黑衣女子睁眼，轻身下地直趋卧榻前，见小儿俯卧于大僚胸腹上睡态可掬，一时迟疑。大僚突地惊醒，见榻前黑衣女子，本能地一手护儿、一手扣榻下刀。黑衣女子看着大僚，遽然转身离去。

大僚厉声大喝，手中刀掷向黑衣女子，女子头亦不回，匕首反手一震，铿锵一声！刀断两截，断刀并射钉于柱上，力道惊人。

屋外午后的曝白亮光中，黑衣女子迷离无踪。

这段文字从布景上看，描述了大僚家庭院和室内的布局；从光线的角度看，"阳光炽白""屋外午后的曝白亮光中"等是对光线的描述，增添了气氛的神秘性。

有时候，不仅布景、道具、光线能够起到这种作用，甚至音乐也可以起到表现人物性格的作用，编剧要善于运用这些技巧。

5.设计对手

正如罗伯特·麦基所言，"一个强大的人物组合中，越两极的人物产生冲突的可能性越大"。传统的设计中，有忠就有奸，忠奸分明是为了戏剧性效果。但是，很多情况下并非全是价值观上的对立形成的戏，所以用对手比较合适，即经常说的"对手戏"。

为主角设计对手，对手可以是心理上或行为上的反派。编剧赋予主角价值思想，主角仁慈，反派就残忍，主角赞成，反派必然反对。但是并不是每一部影视作品的对手都是反派人物，有时候观念上相反也是对手。比如在家庭伦理剧中，往往婆媳之间是对手，这就不是反派了，这仅仅是家庭观念上的差异形成的对立。

无论如何，有一点必须明白，对手的性格与主角的性格不仅要不一样，对手还不能是平凡之辈，性格同样要坚强，感情同样要丰富，情绪也要很激烈，有一种不肯妥协、不达目的誓不罢休的精神，否则就不能成为强大的对手。一般来说，对手就是用来反对主角、反对编剧意图表达的价值观念的。从出场开始，就意味着对手要失败，不论是形式上的失败，还是观念上的失败。所以，反派的性格一定要坚强。

对手并非主角，对手的性格不一定是个性化人物，可以是类型人物，性格比较单一直接，这样与主角之间形成的张力可以更大。但是也有把对手的性格设计得富有个性色彩的。

电视剧《隐秘的角落》讲述沿海小城的三个孩子在景区游玩时无意拍摄记录到上门女婿谋杀岳父岳母的场景，故事由此展开。三个孩子的对手人物就是上门女婿张东升，他虽然是个杀人犯，但是当年却为了爱情放弃读博的大好前途，跟着现在的妻子到这个小城市做了一个上门女婿，因为工作没有编制，也没有起色，一直被岳父母嫌弃。这个人物有杀人犯心狠手辣的一面，却也有自己柔情可怜的一面。

写对手戏，一定要集中笔力表现反派的力量，如果没有强有力的对手，主角与对手的斗争就没有趣味。对手戏写好了，能够将观众的情绪带入剧情，当对手压过主角的时候，观众就会同情主角；反之，对手被主角暂时打败了，观众心里就会充满喜悦。这种观众与主角一起感同身受的情感体验，均来自精彩的对手戏。

人物性格和人物关系是基础，基础不牢，修改情节、改动细节、修饰文字都是不行的。只有深思熟虑人物性格和人物关系以后，才能正式开始写剧本。人物性格和人物关系的设计要考虑到几个方面：一是符合生活逻辑关系的现实中的人。塑造一个现实中的人，不是把现实生活中的一个人不分巨细地搬到剧本中，而是在人物塑造中，基于一种现实的逻辑关系、因果关系，使人物性格的发展有合理的心理依据，即要合乎基本的人物的心理逻辑。无独有偶，贝克在《戏剧技巧》中说道："一个剧作家，发现自己写不下去。他大体上知道要写的情境是怎么一回事，但他不能推动剧中人物在这情境里自由地、自然地行动，这是由于作者不认为那些情境是人物创造的，而认为作者可以强迫人物在某些情境中这样那样活动。"也就是说，戏剧情境的创造，要符合人物性格，要有逻辑依据，配合剧中的人物性格安排情境，情节才能顺利推进。二是无论是主角还是配角都是具有独特的人物性格的。人物既可以是扁平人物，也可以是圆形人物。三是为了推动剧情的发展，人物的主要性格要在情节发展中起到至关重要的作用。

高尔斯·华绥认为："当你在一场戏中写不下去的时候，不要为等待写作而搁笔，要完全停止写作。研究那场戏剧情境时，不要为研究情境而研究情境，而要在研究了人物性格仍无结果以后，才将这场情境和以前的人物历史加以联系起来研究。"这段话告诉我们，剧情是由人物性格衍生的，剧情如果进展不下去，不能强行推进，要停下来找源头，而这个源头就是人物性格。如果研究人物性格仍然无结果，就要研究人物的前史，也就是结合人物的过去和现在来研究这场戏。

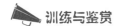训练与鉴赏

一、训练

1.训练目标

围绕你所要撰写的剧本中的主要人物，进行人物关系设计。

2.训练方法

围绕主要人物设计一群人物，进行搭配组合，这些人物关系中最好要有核心的三角关系，甚至勾连成多个三角关系。

设计一群人物的性格，不可能一下子就做到完美，要经历一个反复修改和调整的过程，要明确每个人物的戏剧任务。一方面要考虑这群人物的性格独立性，同时也要考虑他们各自的性格在群体中发挥的作用，人物之间如何发生关系、产生剧情纠葛；另一方面这群人物要有对比、有烘托、有映衬，在碰撞中要有矛盾、有冲突、有争斗。

3.训练提示

这一群人物的性格要避免以下几种情况：

一是不能有性格雷同的；

二是人物性格不能多余，不能完全与剧情发展没有关系；

三是不能有昙花一现的，或开头能用、后面用不上；

四是性格特征不能模糊不明显，产生不了戏剧作用；

五是性格差异一定要大。

古代的戏曲人物分为"生旦净末丑"，每个人物都有严格的规定和要求，人物各自上场完成自己的任务，少了一个都不行，戏会演不下去，但是多余了也不行，会没有他的戏，所以设计人物关系的时候细节要精细。

二、鉴赏

1.观看电视剧《三十而已》，制作人物关系图谱。

2.观看电影《悬崖之上》，分析人物关系设计的巧妙之处。

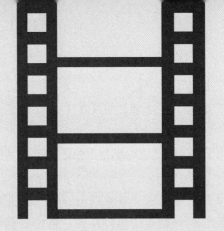

第四章

冲　突

"根本停不下来。"

2018年，竖屏短剧《生活对我下手了》的播放量竟然超过电视剧，冲到了全网第二。该剧围绕48个不同的单元小故事展开，把生活中的很多小细节展现出来，有搞笑、有痛点、有反讽，从不同角度满足了不同用户的需求。

低成本、高流量，看起来并不难做到，事实上真的有那么简单吗？这种一刷而过的几分钟短剧真的比45分钟一集的长剧更容易把握吗？有人说它赢在了短视频思维"爽点"。"爽点"是什么？"爽点"的根源是建立在冲突上的转折点，比如《生活对我下手了》第一集的"打脸"，"打脸"的基础就建立在冲突上。

主演辣目洋子的那张喜剧脸就是一种冲突，圆脸、小眼睛、大象腿，绑架勒索她的"独角兽"简直不相信她竟然就是那个美女主播。原来她开了相机中的美颜、滤镜、大眼睛功能。围绕着"外貌歧视"这一点不断做戏、不断设置冲突，然后通过反转结尾，一集短故事就这样产生了。

所以，冲突才是"爽点"的根本，《生活对我下手了》赢在冲突的设置上。

剧本无论长短，都要有冲突。《生活对我下手了》是单一的简单冲突，电影与电视剧的冲突复杂一些。我们进行剧本创作时，可以从单一的简单冲突入手。但是，有一点一定要注意：不能没有冲突。

生活就是冲突，冲突是生活的本质，剧作家的工作就是排演这些冲突。

从戏剧艺术诞生开始，剧作家就用多种方式来表现人物所面临的各种矛盾冲突，由于时代、国家、人生的经历不同，不同剧作家观察生活的角度和深度不一样，其矛盾冲突表现的内容和方式也不同。对于戏剧冲突的内涵，有多种说法。

戏剧理论家布伦退尔在《戏剧的规律》中谈道："戏剧是人的意志与限制和贬低我们的自然势力或神秘力量之间的对比的表现；它所表现的是我们之中的一个进到舞台去生活，去和命运争斗，和社会戒律斗争，和其他人类斗争，和自然斗争，也和周围人的感情、兴趣、偏见、愚行、恶意斗争。"在他看来，戏剧冲突的内容就是意志冲突，是人的意志与自然力量、神秘力量的斗争。

戏剧理论家劳逊在《戏剧冲突定律》一书中指出，"戏剧的基本特征是社会冲突——人与人之间，个人与集体之间，集体与集体之间，个人或集体与社会或自然力量之间的冲突；在冲突中，自觉意志被用来实现某些特定的可以理解的目标，它所具有的强度应足以导致冲突到达危机的顶点。"与《戏剧的规律》提出的意志冲突不同，劳逊强调社会性冲突。

中国的戏剧理论中有一句话："没有冲突就没有戏剧。"戏剧家顾仲彝也说"没有冲突，没有悬念，没有危机的剧，也就没有戏味"。

一、冲突的来源

冲突是两个或超过两个不能调和的矛盾不断发生变化，最终走向调和的过程。冲突的变化过程具有激烈、对立、产生争斗的特征。

别林斯基指出，"人是戏的主人，不是事件支配着人，而是人支配着事件，关心写出个性化的人来是每一个剧作家表现戏剧性的关键"，在进行作品的创作时，剧作家要把社会性冲突这个抽象的概念赋予到具体的有个性特征的人物中，也就是人物性格冲突。

人物性格引发的冲突可以是内心冲突、个人冲突、个人与外界的冲突。冲突可以来自具有对抗性的三个层面中的任何一个、两个或者三个都具备。

仅仅只限于个人冲突层面上的冲突，一般是指人与人之间的冲突，也就是人与人之间因为性格、意志不同以纠纷和摩擦的形式展示出来的冲突。情景喜剧《我爱我家》《编辑部的故事》等的冲突就建立在这个层面上。故事中的每个人物都与其他人物具有亲密关系，或家庭，或朋友，或爱人，或同事等，活动范围限于客厅、卧室、办公室、医院等。由于他们之间不存在真正的二元对立的好人和坏人关系，所以他们的内心很少有两难境地。

单一的内心冲突一般不能构成电影或电视剧，小说可以实现，但也只是局限于意识流小说。要想形成一部电影或电视剧的冲突，剧作家必须把人物置身于三个层面上的冲突，即内心冲突、个人冲突、个人与外界的冲突都要有。电影《绿皮书》中的矛盾冲突就来自三个层面。

从个人内心的冲突来看，白人托尼一开始有种族歧视观念，但是迫于生计不得不给黑人钢琴家唐开车并兼职保镖。而黑人钢琴家唐，一方面他作为钢琴家，身份高贵，被歧视的底层黑人不能理解他，看他就像看怪物一样；另一方面，白人在他弹钢琴的时候十分尊重他，却不愿意跟他一起用餐，一起如厕，他的内心十分痛苦。为了证明黑人也是很优秀的，他到南方给白人贵族演出，哪怕是拿着低于北方三倍的收入也愿意，遇到歧视也总是处处忍让，希望演出能够如期完成。这两个人物的性格就在他们的个人内心冲突中展现出来。

从人与人之间的冲突来看，白人托尼和黑人钢琴家唐的性格差异很大。白人托尼是一家夜总会的领班，性格火暴，擅长用拳头解决各种麻烦，同时他又是一个富有责任心的人，自己分内要做的事情，想方设法都要完成。他生活在社会底层，每天要养家糊口。而黑人唐是著名的钢琴家，受过良好的高等教育，脸上总是带着微笑，行事为人都十分有涵养，遇到任何麻烦都以退为进。白人托尼为了生计做了黑人唐的司机，黑人唐为了安全高薪聘请了白人托尼，两人一起到充满种族歧视的南方进行巡回演出。从出发开始，两人就充满了各种不协调，白人托尼一边开车，一边抽烟、吃东西、喝饮料，还废话连篇，这些都是有涵养的黑人唐所不能忍受的。遇到麻烦，黑人唐总是选择忍让，白人托尼却选择用拳头解决问题。最明显的一次是他们在雨夜遇到警察的问询，因为警察的侮辱性话语，白人托尼直接用拳头解决问题，导致两人被抓进警察局，最后还是凭黑人唐打给总统的一个电话，警察才把他们放了。并不是黑人唐生性懦弱，而是他的涵养令他做不出来大打出手的事。

从人与外界的冲突来看，主要集中在人与社会的冲突上。当时的社会，种族歧视比较严重，绿皮书表面上是旅行指南，实际上是社会对黑人歧视的一种表现，比如无论是住酒店，还是在餐厅用餐，甚至是上厕所，黑人都和白人是分开的。这种人与社会的冲突即在电影中黑人唐遭遇的那些歧视，是通过"人化"的环境来表现的。如住酒店只能住黑人才能住的酒店；上酒吧被白人围殴，直到白人托尼拿枪将他救出；在别墅里给白人表演钢琴，却不能同白人一起如厕；在一个小店看中了一套像样的西装，也会被店里的老板婉拒；路上下着雨，警察看见车里有个黑人，直接命令其下车检查；在高档餐厅里准备给白人演奏，却不能与那些白人一起用餐等。

具体来说，冲突的来源很广泛。有时候是人物性格的差异，如外向与内向、主动与被动等；有时候冲突来源于文化观念的差异，宗教、地域、男女平等任何观念差异都可以造成矛盾冲突。冲突也会来源于某种愿望，比如人对美好事物的向往、为争取基本权利的抗争等。冲突还可以来源于人物自身所拥有的资源、误会、竞争等。有时候冲突来自人的原始本能和欲望，如占有、贪婪、好胜、妒忌等，与别人的利益形成碰撞，也会形成冲突。

在所有的冲突中，最普遍且最方便构成的冲突是利益冲突，利益之争最容易形成，编剧只要分析剧中人物性格所得的利、所获的害，就知道矛盾发生在什么地方。再把矛盾尖锐化，并且毫不妥协，就能顺利完成突出斗争的局面。就好比一个炸弹在眼前马上要爆炸，各人的利益、各人的打算、各人的性格与意志，都能在无形中显现。

所以在众多的矛盾冲突中，利益冲突是生活中最普遍的冲突，也是最为明确的冲突，通过利害关系分析事件和人物的行为、语言，来表现人物性格以及人情人性，是行之有效的方法。

二、冲突的设置

冲突是人物尤其是主人公的意愿与行动受到了阻碍，以及主人公受阻之后如何应对事态的变化。冲突与动作和意愿有关，动作的冲突是主人公的主动行动受到了阻碍；意愿的冲突是静态被动的，指主人公还没行动的时候就受到打压冲击。无论冲突是动作的还是意愿的，都要从引发冲突的问题开始，然后到解决这个问题结束，形成一个冲突的完整闭环。

（一）问题就是冲突

就剧情而言，冲突就是引发剧情向前发展的问题。编剧写故事，而故事就是角色的戏剧动作与感情的发展过程，通常写故事有一个基本思路，这个思路分为以下几步：

（1）引发问题；

（2）引发问题的事件；

（3）寻找问题的答案；

（4）在激烈的争斗中解决问题；

（5）获得最终答案；

（6）显示主题思想；

（7）在重新获得平衡或不平衡中结束。

就这个逻辑思路来看，问题是关键，即冲突是关键。一旦问题出现，冲突也就产生，再通过一个具体的事件引爆，剧情就能开始发展。剧情的推动通常靠冲突控制。霍罗多夫在《在第一幕和最后一幕戏之间》中谈道，"剧作者可以自由抑制剧情吗？不，是由冲突中存在的、为克服时间和争斗所必需的各种矛盾来抑制的，是解结贴近的那种力量与挪远解结的那种力量在作斗争"，冲突一方面推着剧情向解决问题的方向发展，另一方面又抑制着解决问题的意向，恐怕剧本过早结束。在两者的撕扯中，形成了剧情发展的过程。

问题出现就意味着解决问题，就像开花意味着结果，为了使果实能够成熟，需要时间进行孕育。问题解决得过早，果实还是青涩的，但是拖延得太久，果实熟烂了也不行，观众恐怕不会认可。

还要强调的一点是，这里所说的冲突是最主要的冲突，剧本一般不仅有主要冲突，围绕着主要冲突还有大大小小的其他冲突。就好比一棵树不仅有主干，围绕着主干还有丰富的枝干，枝干也有冲突、有争斗，并与主干息息相关，由主干生发出来，只有这样这棵树才会枝叶繁茂。

一般来说，一部电影最大的冲突很可能是两派人物或两个人为了彼此的希望或者希望得到的东西产生极大的矛盾，这种斗争可能是你得我失、你死我活的。在两者不能协调的情况下，只有以冲突来解决协调。大多数讲述家国情怀的电影都是这样。

电影《红海行动》中，要保护中国侨民的利益是引发问题；恐怖分子绑架了一名与核战原材料有关的中国女子邓梅，这是引发问题的事件；中国海军"蛟龙突击队"沉着应对，成功解救邓梅等全部人质，并破除恐怖分子的惊天阴谋，这就是在激烈的斗争中解决问题。

大道极简，矛盾冲突在剧情类的短视频中用得最多，因为时长有限，短视频的矛盾冲突必须单一、开门见山，开场直接以问题带出矛盾冲突。比如竖屏短剧《生活对我下手了》，女主角辣目洋子以各种身份出现在剧中，每次开场就有一个问题出现，引发矛盾冲突，这些问题有"社交恐惧""长相问题""职场问题"等，由于短视频用户面对的是海量的视频信息，会在前几秒做出是否观看的决定。开场用一个问题达到高潮，呈现人物关系和矛盾冲突的关键点，情节节奏紧凑，能即刻抓住用户的注意力，提高视频完播率。

不仅如此，为了达到效果，当短视频设置的矛盾冲突快节奏地推展到一定程度时，最常用的方法是采用反转，通过人物或者情节反转打破生活常规或者根据固有的生活经验将情节推向一个新的方向，出乎观众的意料，令观众产生新的兴趣。

以美妆视频账号为例，其常常将美妆与剧情结合起来，开场就是矛盾冲突，主人公出场就因为长相平平被嘲笑，接着剧情反转，通过化妆变美解决了矛盾冲突。

无论电影和电视剧，还是长短视频，要善于设置矛盾冲突，而矛盾冲突就是能够推动剧情的问题。

（二）冲突强度足够到达危机的顶点

理论家劳逊强调，"在冲突中，自觉意志被运用来实现某些特定的可以理解的目标，它所具有的强度应足以导致冲突到达危机的顶点"。有冲突只是开始，如果冲突的强度不够，没有足够的冲击力，疲软无力，这样的冲突不能选择，编剧需要选择能够发展到不可避免、不可妥协、必成危机的冲突。

这里所说的危机，从心理学上讲有两种含义。一种是指突发事件，出乎人们意料之外的事情，比如地震、水灾等自然灾害，战争、恐怖袭击等人为造成的灾难。一种是指紧急状态，个体遇到重大问题或难以解决的事情，平衡被打破，正常的生活受到干扰，比如亲人离世或自身心理出现状况，这些困难造成个体心理上的紧张，并表现在思维和行动上，进而进入失衡状态。

影视作品中的危机一定关系到主角的生命、前途，或是与观众的共同价值观的正面原则受到阻碍。好比主角抗争了但没有结果，或表面上胜利了却没有取得真正的胜利，通过阻碍形成一种悬念。这样一直推展剧情，直到把剧情推向顶点，达到高潮，然后结束。通过这种手法将观众的情绪推到沸点，表达编剧的见解和观念，这就是危机有趣的地方。因此，加强冲突、达到顶点是编剧的重要技巧之一。

危机出现意味着稳定的平衡遭到破坏，引起混乱和不安，那么就要克服这个危机，重新建立平衡。但是克服危机的过程并非那么顺利，不断有阻碍出现，危机与阻碍构成了冲突。

生活是残酷的，现实生活中的危机与阻碍并不是想克服就能克服的，有可能是付出了生命的代价也不能克服。这时候，人们常常抱着一个美好的愿景，希望它们能够被克服。现实生活中的一些危机与阻碍虽然不能被克服，但是电影可以做到。电影中出现了危机与阻碍，一般都能够克服，有一个大团圆的结局，以圆人们在现实生活中不能实现的梦。看电影就好比看浓缩的生活，美好的结局给了观众希望，长期以来人类已经形成了这样一个心理机制。

没有危机与阻碍构成冲突的电影，在观众看来是平淡的，犹如白开水一般的日常生活，他们并不感兴趣。

（三）冲突是不断发展变化的

通俗地讲，冲突不是一成不变的，是不断发展变化的，并不断升级到一定的高度。这种发展变化也要进退适度，不可以太快，也不能太慢。正确的方法是顺势而为，太快或太慢都要调节速度。剧本的走向由剧情内的冲突因素决定，营造矛盾、发展冲突都是有酝酿期和爆发期的。编剧需要根据冲突斗争的性质，决定酝酿期和爆发期的长短，太快或太慢、过早或太迟，都不利于整个剧本创作。

成熟的编剧常常具备计算冲突的能力，通盘考虑全剧的冲突比例。长篇电视剧需要多个冲突点，每个冲突点都要精心布局、铺排，使之酝酿成熟、爆发，延展后面的故事内容，充满连锁反应。当然，在每个冲突点的铺排中，细节也是要精心设计的。冲突点也不能太多。一般来说，90分钟的电影，需要两三个大的冲突点，太多的冲突点，一是浪费资源，二是时间太短了来不及布局、铺排，三是观众也来不及消化。

冲突能够推动剧情向前发展，剧情也根据冲突的重要性和冲突的吸引力来确定。冲突要做到有力量、不断升级，首先要考虑冲突的内在依据。一般来说，我们看到的是冲突的形式，是外在的，而冲突必须要有内在依据，内在依据决定外在形式，就如同心情决定表情。再就是冲突必须适度，适度就是有分寸，冲突内在依据的质量决定外在形式的优劣。冲突必须有结果，冲突是因，勾起观众的兴趣，使其想看有什么样的果。相对应地，我们要杜绝有头无尾、虎头蛇尾、驴唇不对马嘴。要做到大小冲突都有结果，需要一个逻辑链，将这些大小冲突串起来，这些大小冲突就好比链子上的珠子。每个冲突，无论大小，无论是被动还是主动，都是先有或明或暗的铺垫，然后冲突这个引爆点出现，在瞬间产生戏。每个冲突都有前戏，冲突是通过前戏进行积蓄酝酿、压抑忍耐的一个过程，并最终爆发。接着冲突必须继续激化升级，观众看戏是会疲劳的，如果以同样的力度设置第二、第三件事情，观众的兴致就下滑了，成功的经验就是冲突要不断爬高，不断升级。因此，冲突是要进行设计的，一般情况下设计冲突要从以下几个方面考虑。

一是注意初始。戏的开始要吸引观众，要设计一次激烈的冲突，冲突出现，问题也就来了，为了刻不容缓地解决问题，各种矛盾也随之而来，冲突的布局就此展开，并把观众带进来。比如，电影《辛德勒的名单》中激发辛德勒营救犹太人的第一个大的冲突事件，就是一个独臂老人被杀，由此他开始用金钱和智慧主动去营救犹太人。

二是要设计过程。安排冲突的过程有一个很有实效的方法，就是采用倒着设计的方法，先想好最大的高潮，即冲突最激烈的地方要先设计好，这是一切冲突的根源。构思好最激烈的冲突，再从头开始进行布局，形成冲突逐渐升级的过程。这种方法比按照顺序进行设计要好，最激烈的冲突就好比一个大目标，大冲突形成后，再依次按照小冲突、大冲突、更大的冲突这样一个顺序设计其余的冲突，冲突与冲突之间要充满因果关联，直到到达设计好的最激烈的冲突。

三是讲究节奏。逐渐升级的冲突要讲究节奏，这个节奏不是匀速前进的，而是加速前进的。如果将整部影视剧中的戏分成若干个段落，每个段落中平均有多少次冲突是可以进行计算的。所谓的加速，即开头冲突的频率较低，中段逐渐增高，后面的部分要更高，达到一波未平一波又起的效果，这样戏才好看。

四是因果关联。冲突是要不断升级的，冲突与冲突之间的升级效果，不是硬生生做出来、堆砌而成的，而是相互之间有因果关联的。一般情况下，上一个冲突的结果，很可能就是下一个冲突的原因，冲突与冲突之间互为因果，相互呼应，前后关联，看起来才有趣。

五是冲突的延宕。冲突的延宕很重要，所谓延宕，就是不要马上把发生冲突后产生的结果告诉观众。观众一看到冲突，就会集中精力看冲突的变化，期望得到冲突变化的结果。这时候，编剧要讲究技巧，不能很快就将结果双手奉上，千万不要在最近、最不合适的时间把冲突结果展现出来。但是延宕的时间也不能隔得太长，否则观众很可能已经忘记上次冲突发生的前因后果，冲突的结果也就失去了趣味性。因此揭开冲突产生的结果既要延宕，又要延宕得恰到好处。

六是冲突呈现的形式要有变化。如果每一个冲突从头到尾都用一种或两种形式来表达，形成套路，观众就会产生厌倦的情绪。因此对冲突的形式的设计要进行创新，要有不同的形式和内容。以不同的场面设计、不同的争斗方式写不同的冲突场面，这样才会有新意。

七是冲突的最终落点是情感。写冲突的目的是激发观众的感情，观众只有被打动了，才会继续往下看。因此，逐渐升级的冲突要带着观众一起或喜或悲，或爱或恨，使观众的感情一起一伏。让观众产生共鸣，感情一发不可收拾的戏才是好戏，而流于平淡的戏无法激发观众的兴趣。

三、冲突的逻辑性

冲突的逻辑性，一般是指冲突的发生是必然的。冲突不好，就不是必然发生的，是可有可无的、夸大的。所以相应地，我们要杜绝虚假的、非逻辑的、或然性夸大的冲突。

1.建立在人物性格的基础上

冲突产生的根本原因是人物性格之间的差异，对待事物的态度、追求的理想、采用的手段不同都会引起冲突。冲突的行动便是斗争，观众看戏，就是看一个性格坚强的人的坚持不懈的斗争。先要从人物性格设计出发形成冲突，然后在一次次冲突中展开剧情。

首先，主要人物的性格要有吸引力。剧本中的主要人物，一定要设计成观众所欣赏和崇敬的人物，为冲突的形成打下基础。一般来说，绝大多数观众对于做人的宗旨、社会规范、道德标准都有一个尺度，真假善恶，观众都有自己的判断。无论凡夫俗子还是饱学之士，甚至为非作歹之人，他们都有内心的良知，都有向善、向真、向美的追求。但是在现实社会中，值得观众向往的英雄和崇拜的偶像并不多，在影视剧中如果出现英雄或偶像，观众会不由自主地关心他们的遭遇、同情他们的苦难、关注他们的行为。

其次，要赋予主要人物坚强的意志力。建立主要角色的性格，并赋予他们坚韧不拔的意志力，才能为建立冲突打下基础。凡是与主要角色产生对立的性格、意志力，就会成为主要角色的阻碍，这样冲突就产生了。电影《绿皮书》中的白人需要协助黑人完成巡演任务，这趟历程很艰险，所以白人的性格一定是强硬的，否则与歧视黑人的社会难以发生碰撞。为了黑人的斯坦威钢琴，白人把工人打了一顿，就因为黑人除了斯坦威钢琴，其他钢琴都不弹，既然合同里已经写明了，就得照办，哪怕千万里路也要运过来。

再次，人物之间的冲突要交错复杂地进行。这是说，冲突不完全在两个敌对阵营之间，也可以分散在各自阵营的内部。《戏剧的规律》的序文中提到，"如果戏剧真是意志的斗争，这种斗争必须时常隐藏在行动下面。……冲突不一定老在敌对的两个人之间一贯到底，有时候可以分散在其他敌对人物之间，交错复杂地进行"，这里所说的意志就是愿望、欲望等发生冲突的原因，人物发生冲突的行动背后就是这些原因。冲突不仅分散在敌我阵营之间，也分散在同一个阵营之中。写冲突的时候，要分清轻重和主次，分层次、有秩序地进行编排，要适当地集中或分散在不同人之间，这样冲突才不会单调。

2.在真实的基础上进行艺术加工

使冲突合乎逻辑的第一要务是冲突必须合理真实。谈到真实，这里首先要认清生活的真实和艺术的真实。现实生活不像影视作品那样充满了戏剧性，现实生活在大多数情况下是平淡的、琐碎的、凌乱的。如果只是单纯地记录真实的人和事情，那就不需要编剧了，把现实生活直接展示给观众看，会是沉闷的、平淡乏味的。因此，进行影视作品创作的时候，编剧需要对真实的生活进行艺术加工。高尔基说"艺术源于生活高于生活"，但是这并不等于编剧可以脱离生活生编硬造。剧本写作需要编剧在熟悉生活的基础上，进一步通过艺术加工，探索生活的本质。一方面编剧要扩大自己的生活圈，扩大自己的眼界，有不同的情感体验，才能在无形之中形成自己的创作思路。

编剧的创作是在真人真事的基础上进行艺术加工，通过编剧技巧把生活中发生的事情进行集中、浓缩，转化成影视作品呈现在观众面前。

3.设置合理的戏剧情境

戏剧情境是指剧情发生的场地，戏剧情境设置得好冲突自然就合乎情理。如果是仙侠题材的作品，戏剧情境超出了观众已有的经验，观众没法以现有的生活经验来进行判断，里面的人物就可以上天入地、变化无穷。《西游记》里的孙悟空有七十二变，猪八戒有三十六变。在《仙剑奇侠传》《花千骨》《三生三世十里桃花》等剧集里，人物都可以自由穿越到各界，各种异能令观众应接不暇，是否合乎逻辑不能完全用常识来判断。再比如动画片，常常采用夸张的手法，武侠片里面武功高强的人可以飞檐走壁等，这些都是不能用现实生活经验来进行判断的。所以考虑戏剧冲突是否合乎逻辑，这一类的作品大抵可以除外。

如果是现实主义题材的作品，无论是当下发生的还是古代的，观众都是以经验来进行判断的。在这样的作品中，冲突的逻辑性要理顺，有时可以通过戏剧情境的设置使剧情顺利发展，借助某种特殊的情境推动剧情，而考虑的最关键的问题是设置的戏剧情境与剧情中的人物能不能产生冲突。比如，法庭是原告和被告产生冲突、进行斗争的场所，也是律师与证人之间开战的地方，在这里正义与诡辩一目了然。当观众看到这个情境，马上就知道这是一场激烈的冲突。

戏剧情境设置得好，能够把剧中所有人的冲突连接在一起，形成一个逻辑系统。狄德罗在《论戏剧诗——献给我的朋友格里姆先生》中说："戏剧情境要强而有力，要使情境和人物性格发生冲突，让人物的利益互相冲突，不要让任何人物企图达到他的意图而不与其他人物的意图发生冲突。让剧中所有人物同时关心一件事，每个人各有他的利害打算。"

总之，电影与电视剧最多的受众是普通观众，不是影评人之类的其他人，因此，冲突是否合乎逻辑，从普通观众的角度进行思考是最大的根本。

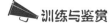 训练与鉴赏

一、训练

1.训练目标

为自己正在创作的剧本提炼并设计冲突。

2.训练方法

围绕剧情内容，提出以下问题，进行自问自答。

（1）引发故事的问题是什么？

（2）引发问题的事件是什么？

（3）是否需要寻找问题的答案？

（4）是否通过激烈的争斗解决问题？

（5）是否能够获得最终答案？

（6）显示的主题思想是什么？

（7）故事结束时是重新获得平衡还是处在不平衡中？

3.训练提示

如果你已经写出了人物小传，并且也进行了人物关系设置，检查你的人物之间有没有冲突，如果没有要进行修改。

如果是短片或微短剧的剧本，冲突可以是单一的。

如果是电影或电视剧的剧本，冲突就要复杂一些，可以是由多重冲突构成的。

还要注意一点，冲突是不断发展变化的。

二、鉴赏

观看电影《绿皮书》，分析其冲突设计，将白人托尼和黑人唐的每一次冲突都列举出来。

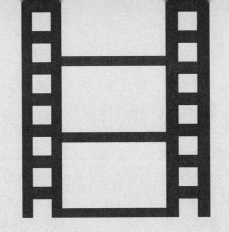

第五章

结　构

贾玲导演的电影《你好，李焕英》获得了53.1亿元的票房，很多人都慕名去看了，有普通观众，还有专家学者。

专家学者看完以后很失望，觉得就是讲了一个俗套的亲情故事而已，如果不是疫情下的春节档，票房不会这么高。是这样吗？不完全是，恰恰就是这个"俗套"，也就是一个套路化的结构起了作用。

故事的起因是晓玲总是不争气，令母亲丢脸，而母亲突然出了车祸。接下来是晓玲穿越回母亲年轻时期，试图改变母亲的过去，阻止自己的出生。关键的转折之处是，李焕英给晓玲补破洞牛仔裤，晓玲发现母亲也跟着穿越过来了，并毅然选择了父亲，选择了她的出生。结局是李焕英说下辈子还要当母女，母爱如此坚定，令观众为之动容。

起承转合是标准的中国传统的讲故事的结构，作为商业片是需要有这个"俗套"的。当然，文艺片除外。

作为编剧，要熟练地掌握这个结构，让这个结构模式如同地图一般刻在脑子里。

注意了，是模式。

故事并不是铁板一块，是可以进行分解的。对剧本结构进行设计，就是对整部剧本进行合理分解。好比庖丁解牛，在外人眼里，牛就是一头整牛，但是在庖丁眼里，骨头是骨头，肉是肉，骨头缝在哪里，他都十分清楚，所以他的刀子所到之处，都是骨头缝，刀子不会损坏，也能够很快将一头牛进行分解。编剧写剧本也是一样，要非常懂得整部剧本的结构，对剧本进行分解、分段设计。

威廉·戈德曼说"电影剧本就是结构，除了结构还是结构"，可见剧本结构的重要性。中外理论家都以建筑作比来谈结构的重要性。李渔在《闲情偶寄》中谈道，"至于结构二字，则在引商刻羽之先，拈韵抽毫之始。如造物之赋形，当其精血初凝，胞胎未就，先为制定全形，使点血而具五官百骸之势"，意思是说，做剧本要先有全盘计划，有一个结构雏形。《戏剧的规律》的序言中说，"只用优美的文学辞藻和真实的人物性格来建筑剧本，而不首先具有完整计划，犹如建筑师建造房屋，挑选了最好的材料，选择上等砖瓦、木料、钢铁，却不注意基地高低对不对，厨房、厅房、楼梯的布局合不合理，全屋子格式均不均匀，便不便利"，这里提到"完整计划"四个字，意思是说，做剧本犹如建造房屋，首先要设计好建筑图，布局分段都要预先设计好，再去挑选最好的材料，否则一切上等材料都会白费。如果结构做得扎实，安排恰当，就算素材次一等，观众也会喜欢看。

电影剧作结构是剧作者根据对生活的认识，按照塑造人物形象、表现主题和思想内涵的需要，运用电影思维把一系列生活材料、人物、事件、情节等，分轻重主次，合理而匀称地加以组织和安排，通过一定的体系和连贯性形成一个统一的整体，使其既符合生活规律又适应特定的艺术要求。

| 一、剧本结构的划分 |

剧本结构的划分，最早要追溯到亚里士多德。亚里士多德受生物学的启发，在《诗学》一书中将情节分为头身尾三段，提出"一个完整的事物由起始、中段和结尾组成"，起始、中段、结尾这种逻辑顺序的发展满足了观众观看悲剧的心理期待，使观众能够达到好奇、恐惧、怜悯的心理体验。他所说的这种结构实质上是一种线性思维结构，而线性思维结构是人们按照逻辑顺序思考问题和解决问题的习惯性思维方式。

（一）寻找故事的转折点

按照亚里士多德的说法，头身尾三部分构成了剧本的完整结构，那么头身尾三部分是如何分出来的呢？头身尾之间转换的节点是什么呢？在他看来，"每处悲剧分'结'与'解'两部分。……所谓'结'，指故事的开头至情势转入顺境（或逆境）之前的最后一景之间的部分；所谓'解'，指转变的开头至剧尾之间的部分。"[1]这里的"结"与"解"之间包含一个重大转折，也就是把头身尾三部分分开的就是重大转折，这个转折十分重要。

论述了头身尾如何分开之后，亚里士多德又对长度进行了论述，"情节也必须有长度（以易于记忆者为限），正如身体，亦即活东西，须有长度（以易于观察者为限）一样。……就长度而论，情节只要有条不紊，则越长越美；一

---

[1]　亚里士多德.诗学［M］.罗念生，译.北京：人民文学出版社，1962：59.

般而言，长度的限制只要能容许事件相继出现，按照可然律或必然律能由逆境转入顺境，或由顺境转入逆境，就算适当了。"[1]按照亚里士多德的说法，故事长度的计算与转折点的多少有关，故事越长，转折点就越多。这也是吸引观众观看的方法。

根据亚里士多德所说的故事原理，故事可以用一个段落来讲，通过一系列场景形成一个有逻辑性的段落，推展出一个重大转折，结束故事。当然，这个故事肯定很短，适用于短视频创作。如果故事用两个段落来讲，也就是说要有两个重大转折才可以结束故事，这种故事的长度在1小时左右，适用于网络电影。如果故事用三个段落来讲，也就是说通过三个重大转折结束故事，就可以达到一部90分钟以上的电影长度了。

从亚里士多德对头身尾三部分的比喻来说，一般是中段长，开头和结尾比较短，如果是长达几十集的电视剧，中段部分就十分重要了，应包含很多个小转折点。

进行结构设计的目的是给观众呈现一个完整的故事，且不说电影和电视剧要如此，就是在自媒体上做讲故事的短视频，也一样要遵照这个规律。短视频虽然很短，但是本质上还是需要给观众呈现一个完整的故事，这样才能吸引观众观看。怎样吸引观众，如何保证故事的完整性，这个结构同样适用。记住，转折很重要，故事再短，也要有转折。

（二）三幕式结构

后世的文艺理论家依照亚里士多德总结的头身尾，形成了标准的"三幕式"结构的划分。一般来说进行三幕式结构设计，都有一个大致的结构比例，第一幕占25%，第二幕占50%，第三幕占25%。当然这只是一个大致的比例，并不是一个思维缜密的数学公式。

这种经典的三幕式结构一直在剧作中占据主要地位。16世纪欧洲文艺复兴时期，莎士比亚的戏剧就是遵照这种结构模式进行创作的，形成了戏剧创作史上的高峰。这种结构后来运用到电影中，屡试不爽。

悉德·菲尔德的《电影剧本写作基础》将电影分为三幕，分别是开端、中段和结局（图5.1）。

---

[1] 亚里士多德.诗学［M］.罗念生，译.北京：人民文学出版社，1962：25.

图 5.1　剧本结构示例

第一幕建置：在这一部分要建置故事、人物、戏剧性前提，描绘出故事情境，并建立起主要人物和围绕他并在他周围活动的人物之间的关系；第二幕对抗：为人物的戏剧性需求设置障碍；第三幕结局：你的故事是如何解决的。第一幕和第二幕还有两个情节点，这两个情节将故事推向另一方向。情节点就是任何一个偶然事故、情节或大事件，它"钩住"动作把它转向另外一个方向，即转到第二幕或第三幕。情节点不一定是多么庞大、复杂的场景或戏，它可以是一个非常平静的场景，人物在其中作出一个决定即可。

罗伯特·麦基在《故事》一书中也有提到这方面的内容，并且从电影的角度对三幕式结构蕴含的逻辑魅力进行了更加细致的划分和归纳。

（三）起承转合

在中国戏剧史上，戏剧结构的设计大致由起承转合四部分组成，自元朝关汉卿起，这种传统的戏剧结构一直沿用至今。起承转合与三幕式结构有着惊人的相似之处，三幕式结构说的是故事的三个阶段，起承转合说的是故事的三个阶段之间的四个点，从起到承等于开端，承到转就是中段，转到合等于结局。相当于是把故事比作一条直线，三幕式的开端、中段、结局就是这条线上的三个段落，而起承转合就是这条线上的三个段落的四个分界点，如图5.2所示。

图 5.2　剧本结构中西对比示例

起，是故事的开始，交代事件起因，制造贯穿全剧的矛盾及悬念，推进剧情发展，宜短且精；承，衔接起因，深化剧情冲突，融入剧情中其他所需元素，将剧情中的主角与其他因素的矛盾冲突激发至最高点。一般情况下，这个部分包括若干小冲突，但所有小冲突都为塑造人物性格及推进剧情发展而设立，是提高观众代入感的主要部分；转，是主角与其他因素之间的矛盾被激发至最高点爆发后的剧情走向，其一般具有一定的出人意料的走向。该部分是整部作品的高潮部分，用于展示作品的核心价值，大部分情况下其均是主角化解主要矛盾的关键情节，该部分篇幅不宜过长；合，是故事的结局，与上部分紧紧相连，一般情况下故事结局需要具有逆反性，与观众的期望有所出入之外，该部分更需要完好的逻辑性，使剧本整体经得起推敲。

　　剧本结构的划分另有"五分法"，包括开端、发展、高潮、回落、结局。甚至还有更细的分法，布莱克·斯奈德在他的《救猫咪》一书中，以拥有过亿美元票房收入的热片《特工佳丽》为例，将电影的结构分为15个节拍，分别是开场画面、主题呈现、铺垫、推动（催化剂）、争执（辩论）、第二幕衔接点、B故事、游戏娱乐、中点、恶人逼近、一无所有、灵魂的黑夜、第三幕衔接点、结局、终场画面。他认为这15个节拍是一部商业电影必备的结构要素，任何一部商业电影都可以套用。

　　无论结构如何分，都是在亚里士多德的这一基础上发展而来的。三幕式结构是基础，就像有魔力一般，吸引了中西方的创作者，因为这个结构适应观众的观赏心理，观众从心理上普遍喜爱这种结构，也只有在这种结构下观众在观看中产生的舒适度最高。这种结构并非理论家们刻意规定的一个套路，而是通过长期分析好作品的创作经验总结出来的，并且经过反复验证，是行之有效的方法论。三幕式结构能够让创作者准确地把握电影的叙事节奏，保证故事的完整性和吸引力。因此，在戏剧史和电影史上，具有逻辑性和推理性的线性思维三幕式结构一直占据统治地位。

　　罗伯特·麦基说"故事就是一个个场景组成一个序列，再由一组组序列组成幕，三幕或者更多幕就形成了故事"。虽然同时也出现了其他另类的探索，即非线性思维结构，但是这种结构不在本书的讨论范围内，本书旨在讲述一个行之有效的完整的线性结构，也就是剧本的基本框架。

二、剧本结构设计

结构设计就是对故事进行布局，进行分段设计。狄德罗《论戏剧艺术》中说："布局就是按照戏剧体裁的规则而分布在剧中的一段令人惊奇的历史。"注意"戏剧体裁"四字，编写剧本不是画抽象画，是有法度、有规则的一门艺术，不可随意乱来。无论是顺叙、倒叙，还是先惊后疑、先疑后惊，都应依照观众可理解的方式安排布局。其次注意"惊奇"两个字。布局使所讲的故事和所写的人物具有吸引力，没有惊奇就没有吸引力，剧情也会变得平淡。平淡的剧情又何必着意布局呢？

（一）三幕式设计

下面以90～100分钟的电影剧本为例，进行"三幕式"总体设计分析。90～100分钟的电影，一般依照长度来进行结构设计，开场10～30分钟介绍主要人物性格和主要冲突，最后10分钟左右是结局，其余为中段部分。

按照罗伯特·麦基的说法，开场部分一定要有一个激励事件，将故事推向另外一个方向，进入中段部分，同样也需要一个大的事件将故事推向结局。主线展开后，中段部分要沿着主线的发展展开冲突，冲突要一步步升级，才能做到节奏紧凑、一气呵成。编剧写剧本比较常用的技巧是反推，先设计好结局，然后根据结局反向构思开头和中段两部分，进行结构构思的时候，可以采用此法。

在《戏剧技巧》一书中，大仲马在回复"编剧秘诀"时说："第一幕要清楚，最后一幕要短，全部要有兴趣。"第一幕要清楚，就是要交代清楚前因后果，要假设各种文化层次的观众都不清楚。最后一场戏是积累的悬疑和悬念，一切大小问题到此结束，不能拖延、兜圈子、再开旁支，也不能画蛇添足。而中间的过程，不能平淡发展，一定要充满趣味。按照这种结构进行创作，从观影心理上来说，受众会获得一个比较愉悦的心理体验。如果采用另外一种结构进行创作，也不是说不行，只是作为一种创新或者说是一种实验，受众可能是小众，不太可能是大众。

贾玲导演的电影《你好，李焕英》总共2个多小时，下面按照三幕式结构拆分如下：

第一幕开始：开头大约12分钟，交代了故事的起因。铺陈贾晓玲从小到大就是妈妈李焕英的麻烦，好不容易考上个大学，却因为伪造录取通知又一次让妈妈丢脸。回家的路上，母女憧憬未来，却不小心出了车祸，这个车祸就是开端的激励事件，一个大的情节点。在妈妈弥留之际，后悔不迭的晓玲穿越到20世纪80年代母亲工作的胜利化工厂，与年轻时候的母亲相遇，矛盾和悬念迅速构建起来。

第二幕中段：这部分一共发生了四件事情，一步步将故事推向高潮。第一件事是晓玲想办法让李焕英成为全厂第一个买电视的人；第二件事是晓玲成功说动李焕英和她的队友们参加排球比赛；第三件事是晓玲发现排球比赛实际上是厂长挑选儿媳妇，如果促成李焕英和厂长的儿子沈光林恋爱，李焕英就不会生出一个尽给她添麻烦的女儿，于是晓玲决定撮合李焕英和沈光林，设计了看电影、公园划船、看文艺演出等系列活动，但是效果都不是很明显。最后，李焕英还是和锅炉工贾文田领证了；第四件事是晓玲决定再次穿越，离开20世纪80年代的胜利化工厂，就在这时她从裤子上的补丁图案判断，母亲李焕英跟她一起穿越过来了，这也是一个大的情节点，将故事推向高潮。

第三幕结尾：故事结尾也就是结局，大约20分钟，晓玲看到母亲曾经为自己做过的那些事，终于明白母亲从来都没有后悔把她生在这个世界上。回到现实，晓玲终于成功了，开着红色的跑车，幻想正带着母亲兜风。

很多成功的商业电影都是符合这个戏剧结构的，整个电影故事不是铁板一块，是可以拆解的，作为编剧要熟练掌握三幕式结构。

电视剧、网络剧、微短剧，甚至最新的竖屏剧也讲究结构的完整。通常电视剧一集是45分钟左右，有足够的时间进行起承转合的结构设置。微短剧时长短、节奏快，同样讲究在微小的体量范围内体现电视剧的连续性和完整性。而新兴的竖屏剧综合了短视频的创作要求和微剧的理念，一般只有2～3个人物，剧情简单，线索单一。

比如，竖屏短剧《生活对我下手了》每集时长为2～5分钟，在有限的时间内完成单元故事，人物设计简单，内容篇幅短小，人物性格单一，利用二元对立模式设计故事情节展开剧情。叙事以单线正向叙事为主，中间来个反转，将故事推向结局。每个故事按照从开端、发展、高潮，再到结尾的情节展开，同样有开端、中段和结局，节奏较快，具备完整的结构。

（二）大段落设计

前面说过，三幕式结构实际上是由一个个大段落构成的，三幕式结构的设计思路只是一个总体设计思路，接下来要更细一点，进行大段落设计。

剧情中的一件事情从开始到结束，无论在哪个场地发生，或经历多长时间，都算是一个大段落。大段落要一气呵成，讲究有因有果、有条有理、有时空逻辑，先后顺序要排列清楚，尤其要有转折。当然也可以不按照时空先后顺序进行排列，这是比较成熟的编剧的做法，初学编剧的还是要按照时空顺序进行排列。

每个大段落都要带出下一个大段落，前一个段落的果是后一个段落的因，二者互相紧扣，互相关联。大段落中还有小段落，小段落是在一个地点及一段不长时间内发生的事情，也可能是在多个地点、一段或多段时间内发生的事情。小段落发生的剧情只是大段落中的一件单独的事件，大段落是整个原因或结果。

段落就是用单一的思想把一系列场景联结在一起，在段落里，同样有明确的开端、中段和结尾。它是统一在某个单一思想下的一个单元或一个戏剧性动作单位。电影《绿皮书》中的一个个段落，通常用几个字就能描述，如夜总会冲突、接受任务、上路、第一次演出、为斯坦威钢琴打架、酒吧解救、上厕所被歧视、买西装被拒、监狱保释、与警察发生冲突、拒绝最后一场演出等。这些段落是用几句话或几个字就能表明的特殊的想法，是一线串珠中的一颗颗珠子。

构思段落的时候，从开端、中段直到结尾，都要精心编排。电影《绿皮书》中白人托尼"接受任务"这个段落的开端是自己工作的夜总会停业三个月进行装修；中段是托尼要找工作养活妻儿，却没有合适的职位；结尾是托尼万般无奈之下，接受黑人博士唐的邀请，做他的司机兼管家。

一个大段落可以是一场戏，也可以是多场戏。电视剧与电影有所不同，电视剧的篇幅比较长，一个大段落有时候很可能是几集的量。一般来说，先确定好大段落，然后再对每一个段落进行分场比较好，避免出现大幅度修改分场的情况。就好比修房子，先做好框架结构，再往里面添砖加瓦。框架结构稳了，房子就不会歪倒，即便有问题，也不会有大的返工。框架结构出问题，就需要推倒重来，那将是个浩大的工程。

电视剧一般也有一个开端、中段和结局的三幕式大结构，这个大结构一定要清楚。开端介绍主要的人物性格、人物关系、剧情发展等；中段包括人物产生的主要冲突、冲突发生的前因、由主线而生发出来的支线如何建立等。主线开始变化，各主要人物关系也要随之变化，直到剧情峰回路转，要突出人物性格、人物关系的转变，所有的支线也在这部分归为主线，为结局埋下伏笔；结局暗示主题所在，各种支线都到尽头，集结在一条主线之上，人物性格、意志的冲突都到了不能再拖延、不得不解决的程度，人物关系也推展到不可避免、不可妥协的矛盾中，前面所聚集的冲突、感情在此全部引爆。

12集网络剧《隐秘的角落》按照开端、中段和结局的三幕式结构布局，贴别是开端一下子吸引了观众。

第1集：开端，电视剧围绕主角朱朝阳展开，交代了与他相关的各个人物的生活现状，朱朝阳跟单亲妈妈一起生活，父亲再婚，有一个同父异母的妹妹叫朱晶晶。他与从福利院跑出来的两个朋友去景区玩耍拍照，竟然无意间拍到上门女婿将岳父岳母推下悬崖的场景。三个孩子和杀人犯张东升之间对立的戏剧结构就建立起来了。

第2—11集：中段，三个小孩从一开始打算报警，到找到张东升警告他，进一步演变成敲诈张东升30万元给普普的弟弟治病。对妹妹朱晶晶死亡真相的隐瞒，更成为朱朝阳心中的梗。矛盾冲突一步步升级，最后延伸到社会的各个层面，并裹挟了多个家庭，涉及单亲家庭、中年婚姻、中年危机，尤其是青少年犯罪等多个问题，主线与支线的矛盾冲突交织在一起，像滚雪球一般，越滚越大，一切都源于朱朝阳的不断撒谎。故事的转折在第11集，朱朝阳的父亲被张东升杀死，朱朝阳失去了自己最怕失去的亲人。

第12集：结局，罪犯张东升被击毙，朱朝阳带着警察到妹妹朱晶晶的死亡现场说出了真相，他的生活终于可以重新开始。

一般来说30集的电视剧可以按照6个段落来进行布局，每5集一个段落。第一个段落是开端，主角出场给观众的第一印象、主要的冲突事件、引起的问题等都要在这几集内出现和铺排。主要角色及主要冲突如果不在这里安排好就很难吸引观众看下去，观众将失去耐心；中段部分一般来说有4个段落，这4个段落可以分为4个阶段，把故事一浪高过一浪地向前推展到高潮，具体要根据实际情况而定；结局部分不能太长，通常在一至五集之内，或者更短，就只有一两集，完结高潮后，在观众激昂的情绪还没有消散前，马上结束。

目前国产电视剧短的12集左右，长的有70集，根据剧集长度的比例进行合理地分段设计即可。通常每集的结尾都要留下悬念，吸引观众继续看下一集，这点一般人都知道，这里要强调的是，电视剧每一集的结构设计也是有技巧的。以每集45分钟为例，要进行分段设计，可以以15分钟为单位，分成三段，每段有个小高潮和小悬疑，犹如一把小钩子一样吊着观众的胃口，吸引观众继续往下看。

进行剧本写作，一定要有"吊钩"的观念，在长达几十集的电视剧里，一定要有看似无心其实是精心设计的各种大大小小的"吊钩"埋藏在剧情中。电视剧是客厅文化，观众一般处于一种松散的观看状态，只有采用这种方法，才能吸引观众集中注意力。与看电视剧不同，在影院看电影是一种封闭的状态，观众注意力高度集中，但电影也一样需要设计"吊钩"，才能吸引观众集中精力观看，否则观众也会失去观看的兴趣。

（三）抓住主线

进行电影和电视剧剧本结构设计的时候，注意集中笔墨发展主线是普遍原则。一般情况下，90分钟的电影如果枝节太多，必然喧宾夺主，无法突出主线。如果沿着主线发展产生一条支线，一定要思考这条支线是不是主线生发出来的，能不能起到承接和烘托主线的作用。这条支线如果在剧情发展中需要不时出现，就要考虑这条支线如何铺排，即便是这条支线十分精彩有趣，也要迁就主线，不可喧宾夺主。如果不顾主线执意保留这条支线，很可能出现另起炉灶，支线主题独立于主线主题之外的情况。李渔在《闲情偶寄》中说道："头绪繁多，传奇之大病也。……作传奇者，能以'头绪忌繁'四字，刻刻关心，则思路不分，文情专一，其为词也，如孤桐劲竹，直上无枝。"意思是说写作要突出主线，不可有太多支线。

写电视剧也是如此，要集中笔墨发展主线，只不过电视剧的篇幅通常比较长。20集的电视剧，一条主线的剧情人物不足以撑起那么多集，支线是必须要有的。设计支线，可以细致地描写支线人物性格，铺排详细的支线剧情，但是主线一定要抓住。电视剧《隐秘的角落》随着剧集的发展，出现一条主线，两条支线。主线是三个小孩和杀人犯张东升的矛盾冲突，一条支线是从孤儿院逃出的严良和退休老警察的矛盾冲突，还有一条支线是朱朝阳和父亲再婚的妻子的矛盾冲突，两条支线始终围绕主线进行。

（四）突出重点

大凡影视作品，戏的走向脉络一定要十分清楚，而最重要的一点是务必懂得抓住重点，进行重点出击。在整部影视作品中，主要的人物性格、人物关系，冲突的原因、过程、结果都需要清清楚楚地表现出来，尤其是电影剧本只有90分钟的长度，篇幅本来就不长，更不可兜兜转转，浪费篇幅，一定要将笔墨花在重点上。为了突出重点，编剧在写作的时候要注意采用这样一些方法。

一是详略得当。分出轻重，对于那些牵动全剧向前推展、吸引观众兴趣的元素，比如人物关系、事件等，需要重点着笔，详细写出来，其余不重要的地方可以略写，做到详略得当。

二是重复描述。重复描述的目的是加深观众印象，可以提高观众对此人、此事、此关系的注意力。电影《风声》讲述1942年汪伪政府的高官被暗杀，引起日军高度重视，为了找出代号为"老鬼"的共产党员，日军和伪军对顾晓梦、李宁玉、吴志国、白小年以及金生火五个不同身份的人进行了审问，顾晓梦和吴志国两名地下党员经历严酷的心理战和酷刑，最终保住了党的秘密并将情报传出。其中吴志国唱唐山皮影戏《空城计》一共有三次，如果只出现一次，观众会以为只是普通的戏曲唱文，就因为多次出现，观众才知道这首曲子是中共地下党之间传递信息的暗语，而且每次重复都是在剧情发展的关键节点上。第一次出现是在故事的开端，顾晓梦和吴志国通过这首曲子知道了双方的身份；第二次出现是在故事的中段，吴志国经历了严刑拷打，唱《空城计》让自己保持清醒；第三次出现在结尾处，顾晓梦牺牲后，吴志国在手术台上变换曲调唱了这首曲子，给地下党员传递计划取消的消息。这三次重复，不仅出现在整个故事结构的关键节点上，还刻画出吴志国这个人物顽强机智的性格。

观众观看电影的时候注意力高度集中，我们尚且需要重复，突出重点，引起观众注意，更何况电视剧呢。电视剧的观众是在不太容易集中注意力的环境中观看电视剧的，更加需要通过重复重点以引起观众的注意。

三是详细描述主要场景。主要的角色关系不可放过每一个细节，关系重大的细节观众必然喜欢看；主要的剧情要细致刻画，精心安排次序；主要场面要用心铺排，由浅入深地进行介绍；主要冲突要细致地层层推展，设计好每一个动作和语言。

四是写清过场戏。对于过场戏，只要把该场需要交代的内容表达清楚就可以了。写不牵扯到主线和主要人物的戏，可以节省笔墨，带过即可，不可详略不分，把精力花在不重要的场景和人物身上。

五是突出转折。重点在哪里？重点就是转折的地方，往往戏中转折的地方就是整部戏的重点部分。既然是转折，就要交代来龙去脉，就必须重点解释。转折的地方如果平铺直叙，戏就会平淡无奇。如何发现并明确整部戏的转折之处？最简单的方法就是把戏从头到尾讲述一遍，在讲述的过程中会发现不可省略、不可浓缩的地方，这些地方就是转折的地方，是要强调的重点。

六是突出第一印象。重点就是第一印象，要想吸引观众集中精力看戏，第一印象十分重要。第一印象当然是在戏的开始时形成的，这是编剧攻下观众最重要的地方，一般情况下要用大场面和大气势来吸引观众，因为这可以让观众大开眼界，是吸引观众最重要的因素。

七是运用悬念。光靠大场面大气势是不够的，最能够吸引观众的因素是悬念。从心理学的角度来说，悬念来自观众的情绪，能够激发观众的期待，观众最大的愿望就是知道结果。一种迫切的期待心理使他们进入一种状态，在迫切希望知道结果的情况下，观众的注意力会高度集中，同时对剧中的人物、事件、感情感同身受，产生观看的兴趣。

三、剧本结构技巧

（一）对比

对比的作用是衬托，俗话说"有比较才有差别"，世事往往都是用比较和对照显示出来的。戏剧特别讲究对比，剧本写作一般从以下几个方面入手。

1.人物性格对比

有奸必有忠，观众的眼睛是雪亮的，能够进行判断。因此在对全剧的人物性格进行设计的时候，需要用对比的方法使各类性格有强烈的差异。有奸臣秦桧，就有忠臣岳飞；有张飞的鲁莽，就有诸葛亮的谨慎；有贪恋女色的猪八戒，就有禁欲的唐僧。这些性格上的对比可以使人物形象更加鲜明，冲突也容易发生。如果剧中的人物性格都属于同一类型，没有强烈的对照，往往冲突很难发生，戏很可能流于平淡。

电影《唐人街探案》中的人物性格对比就做得很好，故事讲述秦风被姥姥送到泰国找表舅唐仁，被卷入一场查找"失落的黄金"的案件中。王宝强扮演的表舅唐仁表面被称为"唐人街第一神探"，但实际上干的是坑蒙拐骗的勾当，即便是给阿婆找一只丢失的猫，也是用一只长得差不多的猫来冒充的，除了吹牛，一点探案的本事都没有。刘昊然扮演的秦风，因为口吃考警校落榜，不善言辞，却天赋异禀，具有极强的逻辑推理能力。这两个人的性格形成对比，放在一起就是一对"欢喜冤家"，戏自然就产生了。

2.情境对比

所谓的情境，就是所处的场面。喜庆的场面宜用悲哀的场面与之对比，使得悲情更加显著。同样，悲伤之后用喜剧的场景能起到舒缓的作用，通过对比两者同时突出。

在编剧技巧中，经常会用的"喜剧的舒缓"手法就属于这一类，在十分紧张期待的情绪中，突然来一段引人发笑的噱头，表面上是缓和紧张的气氛，实际上是拉紧气氛，加强期待。缓一口气以后，紧张的情绪再一次被挑起，使这段戏更加有意思。

电影《你好，李焕英》中这种手法十分明显，从结构上来讲，采用了先喜后悲、前后情境对比的方法。影片前面的大半部分是晓玲穿越到过去以后，试图改变母亲的过去，让母亲嫁给厂长的儿子沈光林，这样自己就不会出生，母亲也会生活得很幸福，大部分是在搞笑。直到最后晓玲才发现，母亲也跟着自己穿越过去了，母亲从来都没有后悔生了她，这时候观众被打动，情不自禁地留下共情的眼泪。

情境对比的手法，还可以用于演员的表演上，比如用最严肃、最认真的态度去做一些荒谬可笑、滑稽的事情，也会产生强烈的喜剧效果。

电影《阿甘正传》讲述智障人阿甘的故事，插入美国的真实事件，包括"猫王"的流行、挡校门事件、乔治·华莱士遇刺、肯尼迪遇刺、越南战争和水门事件，每一件真实的事件阿甘都参与了，并认真地做着他认为要做的事情，最后成为战争英雄、百万富翁，还获得荣誉勋章。通过这种对比的手法展示让人忍俊不禁，令整部电影充满了幽默感。如果没有对比，为荒谬而荒谬，为夸张而夸张，幽默感将会全无。

3.语言对比

语言的对比有多种情况，一种情况是一个说话缓慢，一个说话急切，这是一种对比。还有一种对比是遇到的情况比较紧急，却遇到一个说话缓慢的人，就好比某人得了急病，眼看就快要没命了，却遇到一个慢郎中，不急不缓地说话看病。口是心非、心是口非、一语双关、角色错位、你说东我说西，都是对比，用这种写法来写台词，观众一定觉得很有意思。

4.剧情设计对比

剧情设计上也常常用对比，爱情片常常用欢喜冤家的手法，要写一对男女最后十分相爱，就先要写他们是冤家，两个人一开始会吵吵闹闹不和睦；要写一对共赴患难的兄弟，最宜写他们当初结了仇，势不两立，通过化解仇恨，两个人的情谊才能更加深厚。反过来的话，如果两人是你死我活的一对冤家，最好先写他们当初有着深厚的友情，经过转变才成了你存我亡的对头。

剧本写作运用对比，才能形成高低起伏、弛张有致的节奏，通过暗流涌动、山雨欲来风满楼的寂静营造高潮的到来。做到要紧张，就先要有松弛；要焦虑，先要有安心；要悲伤，先有喜乐，在对比中见效果。对比是从生活中观察而来的，也是最能让观众产生共鸣的。

（二）悬念

悬念是剧本写作中常用的手法。运用这种手法的思路是，编剧要让观众以为自己是"上帝"，知道剧中人物背后的关系、事情的原因，看着剧中人物在他们不知情的情况下随着剧情的发展一步步走向结局。但真正的"上帝"是编剧，编剧只把剧情的一部分告知了观众，使他们以为自己是"上帝"，并故意留下一些事情让观众去猜测和想象，直到剧情的最后结局才全部揭晓。

整个过程就好比编剧不断给观众提供资料，让观众产生期待心理，或者说是不断给观众提供谜语，让观众去猜谜底。当然，不是说编剧想让观众去猜谜语他就愿意猜的，首先得让观众喜欢上主要角色，并且对主要角色产生强烈的兴趣，只有这样观众才会追看。其实就是事件一定要合乎情理，是观众能够接受的，超过观众接受的情理和观念，观众是不会关心、也不会产生心理期待的。

通俗地说悬念就是一个大问题，而且这个问题的答案最好只有两个，即是与不是。编剧提出一个大问题以后，接下来就是引导观众去解决这个问题，直到最后的结局才给出大多数观众能够接受的答案。悬念的任务是引导观众去猜测答案，但是在结局之前观众永远都不能肯定他的答案是否百分之百正确，解开悬念的过程一定是曲折的，有时候甚至要误导观众，这样悬念的设置才算成功。

其实任何一部戏都有悬念，哪怕是两个人谈恋爱，悬念就是两个人最后是否谈成功了。悬念为什么会让观众产生期待，这是人类天性中的好奇心所致。编剧给观众提供一些资料，然后观众在对这些资料进行组织的过程中，发现缺少一些东西，想不出，也猜不到，既在意料之中，又出乎意料，于是好奇就产生了。好奇心驱使着观众去观看，要想观众保持好奇心，就要对悬念进行设置。

悬念设置一般讲究技巧，首先要清楚交代事件的来龙去脉，只有让观众了解前因后果，观众才能抓住线索进行猜测，否则云里雾里，观众就会失去猜测的兴趣。但是，交代清楚前因后果不等于和盘托出，让观众一览无遗，要对悬念的前因进行布局，切忌平铺直叙、平淡无奇，要有转折和拐点。既然是悬念，就一定要让观众有疑惑，能猜得出部分答案，还有部分答案猜不出，做到虚实结合，令观众生疑、自我陶醉。设置悬疑还有一个最重要的技巧就是延宕，好比格里菲斯的"最后一分钟营救"，不到最后一刻，不是最紧急的关头，不是最危险的时刻，不能给出答案。当然也不能无限制地拖延，最后的爆发点的选择一定要合理。

（三）紧张和焦虑

紧张就是不松弛，加强悬疑。就剧情而言，紧张就是一波未平一波又起。在观众能够接受的情况下，不断加入新的事件，令人物关系频繁产生变化，瞬间化敌为友，又瞬间化友为敌，通过剧情的瞬息变化让观众产生紧张的情绪。从情感方面来讲，紧张的程度不是匀速，而是加速度，就好比滚雪球，越滚越大，而不是车轮滚动，一圈永远就这么大。

焦虑源自观众对剧情的投入，只有观众对剧中的人物产生了情感才会有焦虑，当观众对剧中人物产生了同情心或痛恨心，就会焦虑。因此在进行结构设计的时候，要注意节奏，营造焦虑、放松、再焦虑、再放松交替进行的节奏。

（四）惊悚与悬疑

惊悚与悬疑有相关之处，但也有区别。希区柯克的"炸弹论"就很好地解释了惊悚与悬疑的区别。一种是观众完全不知道，编剧只告知观众线索，观众只用静心观看直到谜底揭穿，这可能产生惊悚的效果。另一种是让观众完全知道或提早知道，比如悬疑片就是故意先让观众知道凶手、邪恶势力，剧中人却不知道，危机无处不在，观众自然替剧中人担心，而主要角色制服凶手的方法也成为一种悬疑。总之，悬疑技巧要注意这样几个方面：持续不能中断；集中不能分散；多变不能主次不分，更不能喧宾夺主。

（五）惊讶

惊讶就是观众被带入剧情，在毫无准备的情况下大吃一惊的效果。比如侦探片中案情眼看就要水落石出了，突然峰回路转，一直可疑的凶手不是元凶，元凶竟然是出乎意料的人物，他的身份一出现，观众都会感到惊讶。

（六）点燃导火索

电影剧本通常只有90分钟，没有时间去挖掘太多的东西，需要尽快通过描述人物性格引出剧情主线，单刀直入。电视剧比较长一点，一般前三集都有时间和空间描写人物，但是如果不及时切入主线、旁枝太多也不行，务必闲话少说，言归正传。

编剧要把观众引入其最有兴趣的主线，如同点炸弹一般点燃导火索。点燃导火索是大结局的因，爆炸是大结局的果。点燃导火索不宜太早，要掌握火候，注意时间，点燃太早，观众会摸不着头脑，因为观众还没有弄清楚前因，也不知道炸弹的威力，更不知道炸弹所波及的范围，没有太大的兴趣。因此必须在点燃导火索之前，交代清楚前因后果。

点燃导火索以后就是主线的开始，矛盾冲突一波三折，都围绕这条主线展开。围绕主线还要安排支线，在大爆炸之前还有一些小爆炸，就像一连串的小鞭炮一样。

（七）一波三折

围绕主线展开，并不是说就一通到底，而是要讲究曲折离奇，一波三折。

李渔在《闲情偶寄》中说道："后人作传奇，但知为一人而作，不知为一事而作。尽此一人所行之事，逐节铺陈，有如散金碎玉，以作零出则可，谓之全本，则为断线之珠，无梁之屋。"这里是说讲故事不能平铺直叙，要讲究情节的曲折。

一般来说，剧本写作中剧情的发展都从人物性格衍生出来，写好了人物性格并设计出人物之间的关系，接下来就要写人物关系的变化，这个变化过程有急有缓，有直有曲。要选择有浓烈的冲突性的关系变化形成丰富的情节，否则观众就会不感兴趣，没有人有耐心去看一个有性格的角色去演一段平淡无奇的剧情。条理混乱、零碎松散、故作高深，都会令观众看得云里雾里，难以引起观众共鸣。因此，编剧不仅要讲清楚故事，还要擅长对情节进行设计和编排。

做到一波三折有一些常用的方法：一是加入新人新性格，剧情发展到一定阶段时出现一个配角，如果这个配角的性格十分明显，就会产生新戏；二是出乎意料，观众以为戏要向他所想象的方向发展，戏却向另外一个方向发展。这里要注意的是，出乎意料要合情合理；三是转变性格，一切剧情的产生都是由人物性格决定的，一旦人物性格发生改变，剧情也将发生变化。当然性格发生变化要有依据，要合情合理，否则观众不会接受。

（八）巧合

古人云"无巧不成书"，巧合是古代说书艺人常用的手法。不仅书上有巧合，现实生活中也存在很多巧合。从哲学上讲，巧合就是偶然性。

戏剧中的巧合起到了浓缩和加速剧情发展的作用，比如电视剧《欢乐颂》通过租房巧合，让几个女主人公迅速在一起成为邻居。但是巧合一定要有必然性，否则就太假。

巧合要放在剧情的关键点上，不宜随时随地放。只有在情节转折之处，尤其是观众注意力加强的地方，巧合才发生戏剧作用。否则就是破绽，很难有说服力。巧合要新鲜，不能老套，一部影视剧的巧合要精心设计，不可套用公式，公式化的巧合即便巧妙，也会因为老套，观众没有兴趣看多次。

巧合不能作为基本情节的内容，但是可以作为情节发展或者冲突开端。基本情节，也就是主线情节如果建立在巧合之上，观众会觉得很假，不会买账，除非是讽刺性喜剧。利用巧合解决争端也要谨慎，最好尽量避免，因为解决问题的办法太简单了。两大阵营打架斗殴，眼看就要见分晓的时候，结果不早不晚警察过来抓人了，这种桥段就不太过瘾，应考虑更加出色的情节设计来解救危机。利用巧合描写主角性格也不合适，因为巧合没有力量深入主要人物的内心，观众会感觉巧合就是天意而已。

写喜剧时巧合好比药引，合乎情理的冲突可以通过巧合实现，能产生幽默的感觉。总而言之，巧合在戏剧结构中是必要的，但是运用的时候要小心谨慎，用得不好反而弄巧成拙。

（九）误会

误会一般是指在开头部分设置误会，在结尾之处点明真相。误会一般有正反误会，本来是好人或好事，误会为坏人或坏事；或是坏人或坏事，误会为好人或好事；还有互相误会，甲误会了乙，乙误会了甲。一般会因为误会了某人或某事而产生故事情节。

误会要注意布局，一般要前有伏笔，后有照应。误会的设置要合情合理，既在意料之外又在情理之中。误会的作用主要是为了引起观众兴趣，使情节波澜起伏。但是切忌整个故事用误会撑起，如果这样给观众的印象就会很假。也切忌一个误会撑到底，这样的故事等于玩弄了观众，观众一开始可能没有意识到，等回过神来一定会质疑编剧的水平。

在爱情剧中，误会是分开两个相爱的人的常用戏码，特别是偶像剧、甜宠剧惯用这种手法。有一部现实主义题材剧《鸡毛飞上天》，以义乌改革开放三十年为背景，讲述商人陈江河的人生经历，其中夹杂着他与骆玉珠的爱情故事。两个人分分合合不断，在爱情上阻力重重，先是陈江河的养父陈金水多加阻拦，横插一杠，想要自己的女儿巧姑和陈江河在一起，引起各种误会，以致两人不能在一起；后又有富二代杨雪对陈江河心存念想，主动制造误会；而骆玉珠心生误会后嫁作他人妇，并生有一子，层层阻挠使他们的爱情备受考验，直到骆玉珠丈夫去世，骆玉珠才终于克服困难和陈江河一起生活。

（十）伏线

伏线是连贯整个剧的暗线，一般来说，伏线有这样一些作用。

一是连贯的作用，从整体来看，伏线要做到前后呼应，起到联系各部分，使得各部分连贯成整体的作用。

二是暗示的作用，伏线起到暗示剧情的作用，目的是让观众于无形中预先知道背景、原因，引导观众追看剧情的进展。

三是预知的作用，作为预知的伏线，目的是预先告知观众线索，所以一定要与后来相关的伏线吻合。仅仅吻合还不够，还要讲究技巧，达到使观众如梦初醒的作用，加深他们吃惊、好奇的体验，并让他们在不知不觉中产生早料到数次的感觉，从而享受一种谜语被猜中的快感。

伏线为巧合服务，可以成为巧合的原因，让观众明白巧合的道理。因为巧合如果不进行说明，恐怕会让观众产生唐突的感觉，只有先安排伏笔，让观众早一点有印象，随着印象加深，巧合的出现就理所当然了。

伏线能够起到净化剂的作用，一条起一条收，此起彼落的伏线使剧情主线更加突出，避免枝节太多。剧本写作要讲究章法，章法指的是步骤的先后次序安排适宜。伏线帮助观众了解一段一段的剧情，使得剧中见章法，在错综复杂的人物关系及剧情中可见段落分明、有条有理。中长篇电视剧中，观众吸收人物的性格、关系、剧情变化颇为吃力，以设伏线、解伏线说明这些资料，无形中加深他们对剧的认识，他们才会追着看。

那么如何埋伏线呢？埋伏线讲究不动声色，不留痕迹，看似无意，实则与后面的剧情大有关系。比如，古装言情仙侠剧《千古玦尘》讲述真神上古与白玦几经生死，依旧情深不负的爱情故事。故事中有一段轻描淡写地提及上古当年将凤族的下阶凤凰芜浣收为自己的坐骑，在旁边伺候自己打理事务，不动声色地埋下一条伏线。没想到混沌之劫时，芜浣开始露出野心，最后堕落为魔，成为三大上神最大的敌人。伏线的安排一定要巧妙，得从结果先入手，把结果化为谜面，在适当的时候精心地将伏线埋下，相当于预谋；也有写到细节的时候，发现细节大有用处，于是顺水推舟将细节变成伏笔。

埋下伏线以后，一定要在观众没有忘记的时候把谜底揭发出来。电影一般不长，观众不会忘记，但是电视剧很长，为了提醒观众不要忘记，往往会重复伏线挑起观众的记忆。伏线一定要有条理性，要简洁，不可一次多放。伏线错综复杂，容易使观众吃不消。

电影和电视剧观众的素养、兴趣不同，但是有一点相同，他们看戏的目的都是求得娱乐。因此剧情故弄玄虚、错综复杂、平淡无奇，观众都不会买账。伏线最忌讳神龙见首不见尾，观众感觉到伏线存在，编剧又不提出伏线进行呼应，观众就会失望。所以伏线要提起，就好比设立路标，一般起到引路的作用。

（十一）反转

反转作为一种结构技巧，是指剧情向出人意料的方向发展或结局，让观众形成一种意外的心理体检。反转强调了"在意料之外"，出乎观众的预料是观众被影片打动的原因之一。如果一切早被观众猜到了，那欣赏影片的过程就没什么意思了，反转是展示编剧技巧和才华的地方，就好像智力竞赛，编剧只有比观众更聪明，给他们与众不同的意外惊喜，剧情才会精彩。

要强调的是，"意料之外"虽然是反转最重要的特征，但这种意外应该在"情理之中"。也就是说，不管设计的转折多么新颖特别，都应该是按照故事脉络自然发展而来的，符合剧中人物的心理动机，顺应观众的期望和心愿，只有这样观众才能够接受。反转是普遍适用的故事结构，尤其在互联网时代，这种手法应用较多，观众的认可度高。反转不仅在电影、电视剧里适用，在广告、短视频等类型中使用的频率也很高且传播效果较好。

这种手法在日韩电影里应用得十分成功。2019年获得奥斯卡提名的日本电影《小偷家族》，2020年获得奥斯卡最佳影片的韩国电影《寄生虫》，这两部电影均采用多次反转的手法来结构电影。

《小偷家族》通过反转彰显了生活的残酷和人性的复杂。影片开端，做短工的治与妻子信代、儿子祥太、信代的妹妹亚纪以及老母亲初枝一大家人，依靠母亲的养老保险在破烂的小平房里艰难度日。治与儿子祥太做扒手，信代和亚纪打工补贴家用。一天，治带回一名在住宅区冻僵的小女孩百合，百合加入了他们原本就贫困的家庭。大家对这个捡回来的小女孩照顾周到、疼爱有加，还一起听放烟花的声音，一起去大海边玩耍。虽然这家人并没有血缘关系，但是他们过得很温暖。

一次意外让这个"家"彻底分崩离析，男孩祥太为了不让店员发现妹妹在偷东西，明目张胆地拿走物品逃跑，店员在后面穷追不舍，他走投无路跳下了桥被抓，一个个反转接连而来。"爸爸"和"妈妈"被警察传唤，因为担心被抓，小偷家族舍下男孩连夜逃跑，不过还是被抓。死去的小偷奶奶原来一直瞒着少女亚纪去拜访她的父母，并从那里敲诈钱。

"爸爸"和"妈妈"当初因为三角恋一起杀过人。而在警察的"诱导"下，亚纪说出了奶奶被偷埋的事情。男孩告诉警察是"爸爸"教他们偷东西。原来男孩当初被捡来，也是因为"爸爸"和"妈妈"偷东西。全家被抓住竟然是男孩故意这样做的，因为他不想过偷东西的日子。

人性是自私的，关键时刻都要保全自己，但是人性中也有爱，最后男孩坐在车上，回头叫了一声"爸爸"。

转折可以在心理上形成强烈的冲击感，2020年奥斯卡最佳影片《寄生虫》最大的亮点之一也是通过剧情的反转，展现了人性的复杂。

出生在贫穷家庭的基宇与父母和妹妹居住在地下室，一家人整天为生活发愁。机缘巧合，基宇的同学要出国，将一个有钱人家的家教工作转给了基宇。转机来了，没过多久，在基宇全家的设计下，基宇的妹妹和父母也如同寄生虫一般进入了朴社长家里工作。

故事再一次反转，朴社长家的地下室里居然住着前保姆躲债的老公，他在这里住了四年。基宇一家故意设计进入朴社长家工作的事情也败露在保姆夫妻面前，两家人展开了较量。基宇试图到地下室杀人灭口，却被地下室的男人反杀，幸运地捡回了一条命。地下室的男人冲出来又将妹妹基婷杀死，自己却被基宇的父亲金司机杀死。因为朴社长不顾女儿基婷死活还嫌弃自己，金司机冲过去杀了朴社长。朴社长的老婆孩子将房子卖了，金司机从此失踪。

再次让人意外的是，基宇竟然发现父亲并没有逃得太远，他成了在地下防空洞偷生的男人，他借助莫尔斯电码给儿子传递消息。儿子接到消息之后，发誓要好好赚钱，将来把这套房子买下来，让父亲光明正大地走出来。然而，这不过是儿子的想法，实现这个愿望实在太难。

反转手法的运用也体现在电影短片或广告的精巧构思中。埃及卢克索电影奖获奖短片《另一只鞋子》，因为一个反转感动了无数人。站台上，穷孩子的鞋子坏了，他很羡慕旁边富孩子脚上的皮鞋。火车开了，富孩子上火车，他的一只皮鞋落在站台上，穷孩子捡起这只皮鞋丢给他，皮鞋撞击在车厢上重新弹回站台。反转来了，富孩子将脚上的另一只皮鞋扔到了站台上，成全了穷孩子。

还有剧情类短视频，大多也使用这种方法，因为剧情短，来不及进行铺垫和埋设伏线，因此就直接从高潮开始，再来个反转，直接将故事推向结局。适应时代的变化，用好反转的技巧十分重要。

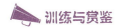 训练与赏鉴

一、训练

1.训练目标

为你正在写的剧本撰写一个简单的剧情走向，字数不少于1 500字。

2.训练方法

先确定你的故事结尾，然后再从开头进行思考，设计两个重要的情节点。第一个情节点在开头部分，开启整个故事，第二个情节点在结尾部分，把故事推向结局。这两个情节点，也就是两件事情，要起到有力地改变故事方向的作用。

检验第一情节点是否有力度，要看它是否提出了人物要克服的难题，是否建立了人物的戏剧性需求，是否能够建立故事情境，推动故事向前发展。

3.训练提示

第一，先确定完整的"三幕式"大结构。

第二，再确定这个大结构由多少个事件组成，并对每个事件一一进行列举。

第三，分析每个事件之间是否有转折，每件事是否一浪高过一浪，把故事推向高潮。

二、鉴赏

1.按照"三幕式"结构，拆分10部奥斯卡获奖影片的结构。

2.观看电影《你好，李焕英》，在拆分"三幕式"结构的基础上，按照大段落进行更细致的结构拆分，找到每个大段落的开端、中段和结尾，尤其要注意每个大段落的转折点。

第六章

故事大纲

故事大纲是写剧本的重要一环，同时也是故事结构的一个雏形，写好故事大纲十分重要。用精练的语言和简约的方式把一部影视剧或者舞台剧的故事呈现出来，这样的文体就是故事大纲，又叫作故事梗概，它简介剧情，是剧本的内容提要。有人或许会问大纲和梗概哪个详细？大纲可能更详细，但是两者差别微小。故事大纲也可以称为简述故事或者故事缩写，即用简洁的语言复述故事。

一、故事大纲的类别

一般来说，正式开拍时故事大纲没有什么用，但是故事大纲是剧本创作和剧本交易必须有的一部分。因为要适应不同的需求，所以故事大纲就有了不同的类别。

第一，一句话故事大纲。

一般来说，一句话故事大纲要包含两个元素，即危机与阻碍，这是吸引资方或观众的一个好方法。换句话说，要从这句话里看到潜藏的危机与阻碍，下面以一系列电影为例进行说明。

《绿皮书》：有严重种族歧视观念的白人给一个黑人钢琴家当司机。

《少年的你》：一位一心想要考上大学的学霸女孩遭遇校园霸凌。

《摔跤吧，爸爸》：一位无法实现冠军梦的爸爸要把柔弱的女儿培养成摔跤冠军。

《你好，李焕英》：一位老惹麻烦的女儿穿越到母亲的青年时代，企图改变母亲的过去，让自己不要出生。

《战狼2》：被开除军籍的军人冷锋卷入非洲某个国家的一场突如其来的叛乱。

从对这五部电影的概述来看，每句话都可以看出一个或大或小的危机，大到战乱，小到打破生活的平衡，要克服这个危机是不容易的，有各种各样的阻碍，只有消除这些大大小小的阻碍，危机才能消失。

《绿皮书》中，一个歧视黑人的白人要去给黑人当司机，他们能和平相处？《少年的你》中，一个学习很好、一心要考上大学的乖女孩遭遇了校园霸凌，这个学还能上下去吗？这一句话的概述已经从情绪上吸引了观众。

故事好不好从这一句话就可以判断，只有故事潜藏危机和阻碍，才能激发观众继续看下去的欲望。如果没有，或者观众看不出来，或者说故事不好看，那就需要重新考虑故事，或者换一个观众感兴趣的故事。

用一句话概述故事，从这句话里能够看到潜藏的危机和阻碍，那么你的剧本就可以启动了。

第二，海报的故事大纲，也就是宣传片。

第三，写在作品扉页上的故事大纲，这很重要，是给专业人士看的，只有几百字，但要让人想看你的作品。

第四，策划书里的故事大纲，一般是做评估用的，更像可行性报告，要拿来寻找合作伙伴，比如导演、演员等。因为策划书以商业性为主，为了配合商业性，文学性要弱一点，商业性要强一点，要强调一些商业元素，比如融资你可能就会写市场回报，植入广告就要让人看到植入的空间和方式。

第五，剧本交易中的故事大纲，或称故事梗概，对编剧来说很重要。这种一般比较详细，现在电影电视剧的销售，第一轮谈的一般不是剧本，是故事大纲。交易能否成功，故事大纲起决定性作用，所以会有一些技术性要求，并且有惯例可循。

一种是初次给买家看的大纲，比如导演、制片人、投资人，一般不超过2 500字，这样买家只需要花不到15分钟的时间就可以看完。买家一旦对这个故事感兴趣了，很可能要编剧写更详细的大纲，这种大纲少则一两万字，多则5万字，需要故事大纲完整地把故事讲出来。因为要靠详细的大纲卖掉剧本，所以必须写。

第六，分集大纲，电视剧常用。一集电视剧剧本字数在1.5万字的样子，分集大纲字数大约1 500字。

第七，分场大纲，一场戏以空间变化进行划分，同一个时空发生的故事，就是一场戏。与拍摄的时候不同，拍摄是一个个镜头，比分场更细，可能一个分场就是一个镜头。电影剧本和电视剧本的写作方式就是一场戏一场戏地写，也许复杂的一场戏就是一个镜头，而简单的过场戏也许有很多镜头，但时空没有换。

分场大纲就是把一场戏的内容简单写出来，可以没对话。个人创作的时候，这一般是给自己看的，没什么对外意义。集体创作的时候，分场大纲就很有用了，便于几个编剧统一思路。因此，个人创作的时候，有经验的编剧往往会省略分场大纲这一环，而集体创作，特别是港台编剧，编审会领着编剧一起做分场大纲。

这七种故事大纲中，编剧最需掌握的是第五种，因为第五种故事大纲是"敲门砖"，决定剧本交易能否成功。

二、故事大纲的作用

尽管正式开拍的时候，故事大纲基本没有什么大用，但是我们需要故事大纲，尤其要掌握上述第五种大纲的写法。

（1）我们投稿的时候需要大纲，大纲是对剧情的简述，让拿到剧本的人用最短的时间了解你写的是什么。所以，一般都会要求给剧本的时候先给故事大纲，便于归纳检索。

（2）剧本交易的时候需要大纲，很多人看一个剧本有没有购买价值，常常先看大纲，因为剧本太长，无法耐心看完。

（3）市场调查的时候需要大纲，构思剧本前做调查的时候给别人看大纲，对方才能告诉你剧本的故事有没有价值。

（4）论证的时候需要大纲，因为在剧本论证会上主要是看大纲。

（5）写作的时候也需要大纲，故事大纲是编剧未来进行剧本创作的纲要。在写故事大纲的时候，要将立意、人物、结构、大事件等核心元素呈现出来，并相对固定下来。在正式的剧本创作中，故事大纲里所设计的主要元素和重要元素一般都不会有太多变化。这就好比画画要先画轮廓，然后再深入细节，写文学作品也是这样。有些写小说的人比较感性，拿起来就写，这种方式在剧本创作中比较少见，因为剧本创作是一个相对工业化的过程，涉及的不是个人，编剧只是这个工业化流程上的一环。因此，作为一个可能被投资的项目，需要一个严谨的构思。甚至很多网络小说的作者也会写大纲，每天按图索骥，保证自己连载。如果每天随便写，可能会卡壳，从而失去观众。

（6）作品推广需要故事大纲，因为销售剧本的时候，买方需要你有一个大概的东西。正因为方方面面都需要大纲，不会写大纲是不行的，并且非写不可。

总之，一方面，故事大纲可以让编剧的思路清晰，从总体上把握剧情走向，明确剧本的大致结构，不至于在创作中迷失方向；另一方面，故事大纲是要展示给投资方、播出方、广告商，说服对方与自己合作的，对方通过看故事大纲了解故事走向，达成双方合作的共识。因此，故事大纲除了对编剧自己理清思路有用外，还要拿给出资方看，必须要让文字具有可看性，做到文字简洁、通俗易懂，故事才好看。

三、故事大纲的要素

1.故事背景
交代故事背景、时间、年代、地点，可以通过这些确定投资的大概规模。

2.故事类型
通过一句话明确故事类型，进而明确观众定位，锁定观众群，对观众群进行细分，比如动作片的观众群年轻男性居多，爱情片锁定的是谈恋爱的人。

3.人物性格
这是对人物的定位，人物定位出来后就可以对观众的审美做定位评估，观众有认同感，就会去关注作品。当然，人物定位的标准是有更多观众喜欢为好。

4.人物关系
人物关系要设计好，有展示人物关系的空间。人物关系也可以在人物表里出现。大纲前一般有人物表，详细的大纲要把人物关系交代清楚。人物关系分自然关系和戏剧关系，戏剧关系建立在自然关系的基础上。

特别提醒：制片方看剧本，一般都要看人物关系怎么样。如果人物关系搭建得很有冲突，哪怕只有几千字也能预料到有戏，因为人物关系是戏的张力的前提，会让人感兴趣。

5.故事的变化

故事的变化俗称故事的拐点。我们看电影、电视剧是一个花时间的线性欣赏过程，我们看的时候最不能容忍的是故事没有变化提升，凡是故事有拐点，一定要写出来。这种变化不仅是方向的变化，也可能是节奏的变化。比如，从舒缓到紧张，也可能是提升，小矛盾变大矛盾，也可能是转折，让观众以为向左走实际是往右走，故事的精彩之处全在这里。

6.故事的亮点和卖点

这一般在写的时候就已经很清楚了，比如什么地方让人流泪，什么地方让人惊悚等。

7.故事的高潮

一定要把高潮写出来，这是最煽情、最令人感动的地方，是让观众最不能忘记的点。

8.一个很好的结尾

没有结尾的故事会很遗憾，会让人感觉虎头蛇尾，甚至让人觉得不完整。如果故事大纲包含以上这些要素，就是一个很好的故事大纲。

四、故事大纲的内容

具体如何进行故事大纲的撰写，下面具体来说。再次强调：这里主要讲用于交易的大纲如何写。

（一）写作思路

电影、电视剧的故事大纲可以按照三种模式展开。

第一种是人物有目标任务，有可能是主动的也可能是被动的，整个故事就是讲他完成任务的过程，这是人物动作故事。

第二种是如果在故事中找不到什么明显动作，但找到一对或者一组人物关系，写关系的强弱变化，这种关系能够让人感兴趣，爱恨情仇、胜负变化、生离死别、离婚复婚等，都能吸引观众。这就是关系型结构，很多电影电视剧就是这种。

第三种就是以上两种的结合，既有人物动作的变化，也有人物关系的变化。比如，电影《绿皮书》是人物关系的变化，讲述白人保镖和黑人钢琴家由互相不理解到成为朋友的故事；而电影《你好，李焕英》则是人物动作的变化，讲述女儿晓玲穿越到母亲的过去，试图改变母亲命运的故事。

（二）内容

确定故事大纲的写作模式，就可以按照以下内容来写故事大纲了。

1.人物介绍

前面讲过，剧情产生的依据是人物性格，因此，一定要用精练的语言描写主角、反派、次要角色等。角色的性格是复杂的，要写角色初期的性格如何，后期的性格怎样。

当然，能够附上人物关系表则更好，看表一目了然，比看文字轻松，目的是让购买方能够了解角色。甚至还可以注明编剧心中的演员名单，有助于买家进行直观想象。

2.故事梗概

"没有冲突，就没有戏剧"，写故事梗概的时候，要沿着主要冲突这条主线来写，电影的故事大纲可以分为三部分。

第一部分交代故事的类型，诸如是爱情剧、侦探剧、喜剧等，接下来应说明时代背景下的人物的主要关系，这里最重要的就是要产生一个问题，这个问题也是全剧最大的悬念，编剧必须正面提出，以引起合作方的好奇心，让其想知道下文，产生"欲知后事如何，且听下回分解"的效果。

第二部分也就是剧本中段的情节，最重要的矛盾进一步加深，产生冲突的前因后果要交代清楚，以吸引合作方进一步产生兴趣。这一部分要做好结局（高潮）的准备，提出几个关键问题，使得结局更具悬疑性。

第三部分写结局，节奏要快，讲究简洁含蓄，出其不意，暗示结局。

（三）写作步骤

1.把握核心创意

核心创意就是能够用一句话来概括故事，即便是不能精致到一句话，至少要用一小段话概括所要讲的故事。而且这一句或几句话，要包含一个独特的创意，这个独特的创意包含了立意、人物、结构、大事件等诸多重要元素中的一两点，或者全部。比如电影《绿皮书》的核心创意是白人保镖托尼为优秀的黑人钢琴演奏家唐开车，陪其巡回演出的故事。从这句话里，我们可以看到立意涉及种族歧视、友情、人性等。主要人物是白人保镖和黑人钢琴演奏家；大事件是开车巡回演出，路上肯定会发生很多事；结构大致也可以猜测出来，两个人在解决麻烦的过程中，从有矛盾冲突到互相了解，最后成为一生的朋友。

故事核心的重点在于创意与众不同，从各种平庸的创意中脱颖而出。这个故事的创意是白人为黑人服务，白人的文化程度很低，黑人却是博士、优秀的钢琴演奏家，在种族歧视很严重的年代，黑人出行都有绿皮书，只能住在规定的黑人酒店里，禁止与白人一起如厕、用餐等。这就是创意的独特之处，让自认为是优等人种的白人为黑人服务。

一般情况下，我们在写作的过程中容易在表现悲痛的时候，滔滔不绝地说其不幸，悲痛欲绝。要表现快乐幸福的时候，不断地堆砌笑声和好运。这是一种正常的思路，但是如果采用这种正常思路，很可能写不出来好创意。因此，要常常反着来想，这样很可能诞生出独特的想法。核心创意就像一粒种子，这一粒种子在编剧的加工下生根发芽，最后长成一棵大树。但是如果这粒种子不是优良种子，很可能最后什么都出不来。

2.想好起点和终点

有了核心创意，接下来就是要想好整个故事的起点和终点。写故事大纲不是想到哪里写到哪里，从开头一直写到结尾，像踩西瓜皮一样踩到哪里滑到哪里。一定要先精心设计开头和结尾。

开头一般都有重大事件发生，带来危机和命运的重大转折，交代主要人物的现状，并且还要涵盖立意。结尾就是矛盾冲突和人物关系的最终结果，给开头发生的重大事件和重大命运转折以及所有人物一个最终交代，并且能够点明主题。当然，如果结尾还不能满足剧情发展的需要，我们甚至还可以安排"彩蛋"，让观众有出乎意料的感觉。

确定好了开头和结尾，就为整个故事的段落划分打下基础，这样中间还可以细分出很多情节点，有利于进行故事设计。如果开头和结尾含糊不清，很容易导致整个故事失去目的和节奏，整个故事的结构就没法搭建。

在写电视剧《仙剑奇侠传三》时，编剧在一起讨论设定的故事的开头就是一个烂泥扶不上墙的当铺小伙计景天，整天为几文钱发愁打架；而结尾则是这个小人物最终成长为唯一能够拯救世界的大英雄。从起点到结尾这个有趣的设置，已经令故事成功了一半，剩下的事情就是在起点和结尾之间进行阶段的细分，把阶段分成若干集，再把若干集分成若干场戏罢了。

3.重视故事环境设置

所谓的故事环境，就是故事发生的环境和人物成长的环境，一般来说可以分为地理环境，就是故事发生的地点；人文环境，包括历史、文化、哲学和美学等方面；人物所处的小环境，也就是人物的生存状况及与周围人之间的关系。

想清楚环境十分重要，只有想清楚环境，才能知道故事发生在什么地方，这个地方有什么特点，人都长什么样，怎么行动等，大脑里才会有具体的画面。这就好比盖房子打地基，地基牢不牢靠，直接关系到房子能不能盖起来，盖得结不结实。

电影《绿皮书》中的故事如果放在当下的环境来讲，恐怕没有什么独特之处。在20世纪60年代美国种族歧视很严重的时候来讲述这个故事，才特别有意思。那个时候出版了一本专为黑人而设的旅行指南，在这个环境下，一个白人保镖为优秀的黑人钢琴演奏家开车，陪其巡回演出的故事就不一般了。

一定要重视环境的设置，通过对环境设置的思考，故事就会越来越鲜活，否则故事很可能变得虚无缥缈，一直处于"悬浮"状态，无法进入故事大纲的正文部分的撰写。

4.设置主要人物的命运和情感的阶段性变化

故事的核心、起点和结尾确定了，人物生存的环境清楚了，人物关系也设计好了，接下来就要将主要人物的命运和情感变化划分成几个阶段。

电视剧《仙剑奇侠传三》中景天这个人物的命运线是：第一阶段在永安当小伙计；第二阶段领受寻找五灵珠的任务；第三阶段知道自己的三世，第一世竟然是天上的飞蓬将军；第四阶段拯救全世界。情感线是：第一阶段与雪见是欢喜冤家；第二阶段喜欢上雪见；第三阶段历经生死，才知道原来在天上两个人就相爱；第四阶段白头偕老。

一般来讲，将主人公命运线和情感线的阶段划分好，再将两条线有机地整合在一起，可以按照起承转合分为四个阶段，也可以在"承"这一部分分得更细，就像波浪一样，一浪高过一浪，形成一个上扬的弧度。无论是分四个阶段，还是更多个阶段，每个阶段都要有开头和结尾，有主人公命运和情感的转折点，这也是推动故事发展的悬念和动力。

对于成熟的编剧来说，每一阶段的长度设置其实完全可以根据实际发展的需要来，可多可少。但对于新手来讲，最好就严格按照规定的方法来做，起承转合的长度和节奏一定要把控好，否则很可能出现厚此薄彼、忽长忽短，看起来不舒服的情况。

5.串联大小事件

一般30集的电视剧可以分为6个阶段，每5集一个阶段。故事的6个阶段分出来以后，接下来就是分配事件。分配事件分两步，第一步分配大事件，将大事件分配到6个阶段中去十分重要；第二步细化大事件，每一个阶段的大事件写出来以后，一般是几句话或一小段描述性文字，这时候需要做的是将大事件细化成一个个有联系的小事件，就像串冰糖葫芦一样，尽量具体一点。

写故事大纲一定要文字简短，脉络清晰，浅显易懂，只需把每一个阶段的大小事件串起来，形成一个完整的结构就行了，不需要洋洋洒洒写上几万字，最后发现没有几个字能用。

五、故事大纲的写作技巧

1.写好开头

尽管你的故事整体设计可能很精彩，但还是要记住：故事大纲的开头第一段话十分重要。这一段话可以写人物的特点，也可以交代故事背景，没有一定之规，但是有一个大致的方向要注意，就是千万不能拖沓，也不要描述细节，要有很强的概括性、说明性，文字简洁易懂，最好不要超过300字，目的就是吸引人。

2.围绕主要人物展开

故事大纲一定要围绕主要人物来写。这里所说的主要人物，可以是一号人物，也可以是男一号和女一号两个人物，但是绝对不是支线人物或群众。

在编写故事大纲的时候，大结构中的大事件和大转折点都要围绕主要人物展开，为主要人物服务，重点戏、转折戏几乎全部要落在主要人物身上，起到改变主要人物命运和情感关系的作用。即使支线人物有精彩表现，其落点和作用也要体现在主要人物或重要人物身上，否则就会喧宾夺主。

围绕主要人物来写大纲的同时，一定要围绕主要人物的人物关系展开，不能让主要人物唱独角戏。以《你好，李焕英》为例，晓玲穿越到母亲年轻的时候，与年轻的母亲李焕英相遇，晓玲一定要说服李焕英的团队打那一场排球，如果故事围绕晓玲一个人去说服李焕英的那些队友来参加比赛，就变成独角戏了，李焕英唯一要做的事就是等着打排球。电影围绕晓玲和李焕英的关系变化展开，一开始李焕英并不想打排球，但是看到晓玲那么强烈地希望打一场排球，就陪着晓玲一起去说服队员们。好不容易把队员们聚拢，但是正式比赛的时候有人退赛，李焕英奋力拼搏，还是没有打赢。晓玲很失望，李焕英却很满足，这是为什么呢？这就为后面妈妈李焕英跟着晓玲一起穿越过来埋下了伏笔，其实她是为了女儿开心才答应打球的。

3.先易后难

无论是按照三幕式对结构进行分解，还是把30集电视剧的大结构分为6个阶段，不同段落的设计在各自的位置上都有不同的作用。如果写得顺畅可以按照顺序一气呵成。如果写得不顺畅，可以像做题一样先易后难，先挑会做的这一部分做，做得不顺畅的部分先跳过去，等把能写的部分都写完了，再去攻克还没理顺的部分。有些很有可看性，但是看起来不可能完成的人物如果还没有想好可以不具体写，先搁置一下这个精彩的任务设置，等其他部分写完以后，再来思考怎么具体展开。

4.简洁易懂

文艺片除外的电影与电视剧都展示大众文化，是要大多数人都能看明白的，就好比白居易说他的诗歌要没文化的80岁的老婆婆都能看懂。因此，戏不仅要设计得好看，还要简洁易懂地表达出来。

如果重要结点讲出来之前，多次回头去讲前史，这故事绝对没讲好。前史单独讲，故事基本失败一半。好的故事用的都是同样的办法，你得一开始就让主人公"打起来"，要发出动作，主人公要"边打边八卦"，也就是主人公边推展剧情边交代前史。

假如一个故事是讲男一号和女一号过不下去要离婚，编剧用好几集写女一号发现男一号有外遇，然后女一号十分纠结要离婚，男一号求情希望不离婚，最终他们还是离婚了，这个故事就讲得太不简洁了。不如开头第一场戏就是男女一号在民政局离婚，恰好碰上男一号外遇的女人也来和她的丈夫离婚，女一号当场就不离了：不能把老公拱手相让。这一场戏几百字，比那几集戏几万字值钱多了。

简洁易懂很有必要，但是，重头戏和核心台词要进行渲染，比如独特而精妙的设计可以进行适当地渲染。主要人物的核心台词，能够体现全剧立意的话语，比如"如果非要在这份爱上加上一个期限，我希望是一万年"之类的话，可以出现在大纲中，起到画龙点睛的作用。

训练与鉴赏

一、训练

1.训练目标

为自己所要写的剧本撰写一个故事大纲。

2.训练方法

想清楚这个故事是一部电影还是一部短片，是一部电视剧还是一部网络剧。

（1）写好开头和结尾。

（2）列举大小事件。

（3）将大小事件串联起来。

（4）按照起承转合的大结构进行调整、增补、删减。

（5）检查文字是否简洁明了。

3.训练提示

1）长度

故事大纲既然是大纲，一定不要写得太长。对于剧本写作来说，无论是大纲还是分场景剧本，不是字数越多越好，而是表达同样的意思，达到同样的目的，文字越少越好。

90分钟的电影，故事大纲用2 500字左右进行描述就可以了。电视剧如果是20集，每集45分钟，故事大纲应有5 000字以上，分集大纲每集1 500字左右。

2）格式

重头戏、人物的重大转折部分要用关键段落来写，并重点显示。如果一个重大转折或一个大事件讲完了，最好空出一行，从心理上来说，读者可以缓一口气。

千万不能让好的设计、重要的设计淹没在各种不重要的文字中，这些文字的前后尽量不要安排不必要的说明性、描述性文字。描述自己的作品不要借外力，切勿引用他人作品来描述自己的作品；少用哲理名言，要通过戏来表达哲理，少用生僻字，以免阅读起来难理解。

写完以后，一定要对文字进行润色，不要留下常识性错误或硬伤，不要出现文句不通的情况或错别字，否则阅读者会对编剧的能力和态度产生怀疑。

二、鉴赏

仔细阅读下面的故事大纲，分析故事大纲的优点与缺点，对故事大纲进行扩展，可以扩展成电影剧本，也可以扩展成电视剧剧本，字数要求5 000字以上。

《那年你十七我十八》故事大纲

一、人物介绍

1.明儿

性格沉稳，是一个有担当的男人，18岁那年爱上玉儿，决定娶她。然而他当兵回来一切都变了，他为了身上的一份责任辜负了玉儿。

2.玉儿

性格火辣，任性痴情，17岁那年遇到明儿，决定托付一生。然而明儿最终没有娶她，成了她不幸的开始。

3.晓霞

明儿的妻子，沉静稳重，体弱多病，通情达理。

4.斌斌

晓霞和明儿的排长刘强的孩子，一直不知道明儿不是他亲生父亲，最初与明儿的感情一直不错，但后来因为玉儿，多年来一直恨父亲。

5.付刚

玉儿的丈夫，很有钱，整天在外面拈花惹草，后来与玉儿离婚。

6.刘强

明儿在部队时的排长，晓霞的前夫，在战争中救了明儿，自己却牺牲了。

二、故事大纲

1978年，玉儿17岁，明儿18岁。

那天，玉儿上公交车，怎么也挤不上去，发现有人在后面推了她一把，把她托上了车。玉儿回头一看，是一个高高大大的男孩，那个男孩是明儿。明儿冲玉儿笑了一下，露出一口白牙，玉儿一辈子都不会忘记。

下车以后，玉儿跟踪明儿，看他到底往哪里走。一连几天，玉儿都偷偷在那里等明儿，希望能够遇到他，终于他们开始慢慢熟悉起来。

没过多久，明儿要去部队当兵。临走的那天，玉儿接到明儿给她的信，明儿在信中说让玉儿等他回来。玉儿提着一包特产疯狂地赶到火车站，可是火车已经开走了，玉儿追着火车跑了一路，摔得满腿是血，也没赶上火车。

明儿去部队以后，玉儿一心等着明儿归来。玉儿的母亲却坚决不让玉儿等明儿，执意要把美丽的玉儿嫁给当地的首富付刚，玉儿坚决不肯。

明儿复员归来，玉儿兴高采烈地去迎接他，明儿却对玉儿若即若离，似乎变了一个人，玉儿不明白明儿为什么会这样。玉儿的母亲强迫她嫁给付刚，明儿也并不怎么着急，表现得十分冷漠。

玉儿约明儿一起私奔，离开家乡去另外一个城市，逃避母亲的强迫，明儿犹豫着。两人约好出走的那天，玉儿来了，明儿却没来。

不久，玉儿一气之下嫁给了付刚。出嫁的那天玉儿没有一滴眼泪，然而明儿却躲在一边号啕大哭。

不久，明儿也结婚了，娶的是一个已婚的女人晓霞，还带着一个孩子斌斌。

两个人分别组成了两个家庭，日子过得很平静。

转眼间十年过去了。

一天，明儿接到一个电话，一个熟悉而又陌生的声音，是玉儿的。玉儿在电话里向明儿告别，说她要走了，想最后一次听听明儿的声音。

明儿一听不对劲，在他们第一次约会的地方找到玉儿。原来玉儿要自杀，她的老公在外面有了人。她说这么多年她的老公跟各种女人来往，她捉奸也捉累了，还不如死了好。

明儿劝玉儿活下去，玉儿答应了，明儿成了玉儿活下去的唯一支柱。

玉儿依旧为老公找女人的事情纠缠不清，依旧时时想自杀，这时候明儿就不得不去救火。

明儿的妻子有所觉察，看在眼里，却并没有说什么。

这天，明儿扶着在酒店里闹腾的玉儿回家，被斌斌看到了，斌斌很生气，明儿不知道如何解释，父子俩闹得很僵。

明儿的妻子跟明儿讲，这么多年了，是不是该告诉斌斌真相，明儿不是他的亲爸爸。明儿却说等斌斌结婚的那天，他自然会把一切告诉斌斌。

当年，明儿去部队当兵，不久就参加了战争，在战场上排长用自己的身体为他挡了子弹，自己却牺牲了。战争结束以后，明儿去看排长的妻儿，从门口跑出来一个孩子，抱着明儿叫爸爸，牵着明儿的手到处跟小伙伴说爸爸回来了，那个孩子就是斌斌。明儿当时就流泪了，决定当斌斌的爸爸。他知道玉儿一直在等他，但是又放不下斌斌和排长的生着病妻子晓霞。最终他娶了排长的妻子，决定一辈子做斌斌的爸爸，照顾他们母子。

这么多年来，晓霞的身体一直不好，明儿的日子过得很艰难。

晓霞告诉明儿，前不久她听说了明儿和玉儿的事，她觉得很对不起明儿，明儿要晓霞不要这样想，他这么多年来从来没后悔自己的决定。

玉儿与老公离婚了，却又不能与明儿在一起，她开始酗酒，然后继续要自杀。明儿不得不去照顾玉儿，却又觉得对不起晓霞和斌斌。

晓霞的病越来越严重，她去世的那一天，明儿因为玉儿的原因没能在晓霞的身边，斌斌为此恨明儿。

玉儿为此很惭愧，于是远走异国他乡，这一走就是十年，明儿也不与玉儿联系。

这么多年来，斌斌与明儿的关系一直不是很好，因为晓霞死的那天明儿不在。

十年以后，斌斌结婚的那天，他的婚礼上却出现一个不速之客，这个不速之客是玉儿，玉儿的出现让明儿大吃一惊。

原来，斌斌不久前终于从奶奶那里知道了一切，知道了明儿不是他的亲爸爸，也知道了明儿和玉儿的关系。

斌斌到处找玉儿的联系方式，是他通知玉儿来参加他的婚礼的。

玉儿也终于明白当年明儿为什么没有跟她一起私奔。

在婚礼上，斌斌特意将玉儿安排在明儿的旁边。

不久以后，明儿带着玉儿、斌斌、斌斌怀孕的妻子来到晓霞和排长的坟前，或许他终于对排长、晓霞有了一个交代。

（完）

第七章

分　场

分场是影视剧本写作的一种方式，舞台戏剧的分场用开幕、闭幕、亮灯、暗灯来表示地点的转移和时间的变化，这样就形成了一幕幕戏。与舞台戏剧不同，电影与电视剧是以地点的变化为依据进行分场的。传统的分场都是随着地点的转移来进行的，这一点观众已经习惯了，为了方便观众了解剧情，这个传统不能打破。地点确定以后，就要确定在这个地点发生的剧情的时间。接下来确定在这个地点和时间里发生的人和事。这是分场的最基本的思路。

一、如何进行分场

场景是电影和电视剧剧本中最为重要的一个因素，它是某件事情或某些特定事情发生的地点。

进行分场的目的是通过场景的变化，或推动故事向前发展，或揭示人物的有关信息。如果一个场景没有满足这两个因素中的一个，那么这个场景可以去掉。开分场的时候，首先要确定这个场景的来龙去脉，然后决定内容，即发生了什么。要思考设置场景的目的是什么？为什么要有这个场景？它是如何推动故事向前发展的？在场景中的主体发生了什么事情？进入这个场景前，他在哪？在这个场景中，作用在人物身上的情感力量是什么？他们是否会影响到场景的目的等问题。

演员处在场景中，会找他在那里做了些什么，即他的目的，他从哪里来？这个场景之后他又应该去哪里？在这个场景中他的目的是什么？为什么他要出现在这个场景中？是要推动故事向前发展还是揭示人物的有关信息？作为一个剧作者，道理是一样的。

每个场景都具有两个要素，那就是地点和时间。这两个要素将发生的事情固定在框架内，任何场景都处在特定的空间和特定的时间中。地点是指场景发生在什么地方，一般分为内景和外景，比如教室就是内景，操场就是外景。时间是指场景发生在白天（日）还是晚上（夜），或是清晨还是黄昏，为什么这样分呢？因为拍摄的时候光线不一样。

一般都是根据地点的变化来计算、确定有多少场戏，新分场要遵循一些基本原则。

1.地点

传统的改变地点的方式是设置一个全新的场景。这里要强调的是地点一般有大有小，比如故事发生在一套公寓里，这个公寓有客厅、卧室、厨房、卫生间等，如果剧情分别在这几个地点发生，那么就要依据这几个小的地点分别分场，这样导演才明白取景的具体位置，观众看起来就会更加具体明白。在同一场景不同时间发生的情节，分场时应注明时间，这样导演就会进行时间变化的设计，否则观众会看得一头雾水。如果你的人物在夜间开着汽车在山路上行驶，而你希望他在不同的地点，那就必须要变换场景。

2.时间

一般情况下，场景是按照线性时间进行的。时间一般分为日、夜两种，细致一些的可以注明清晨、中午、黄昏等，要注明的原因是光线会发生变化，拍摄的时候就要按照这个时间来拍。写剧本也要注意与情节相关的时间，是紧接着上一场，还是第二天，又或者是剧情与上一场同一时间发生但在不同地方。银幕或荧屏没有落幕，要想观众明白上下场之间时间上的关联，写作剧本的时候就要明示或暗示。明示就是直接用文字注明一年或者一小时以后；暗示就是通过外景、演员对白、行动、化妆、服装等变化说明，也有利用道具，如时钟的指示、景物的变化来暗示时间过去。一般来说，编剧的责任是在分场开始时，注明场与场之间的时间关系，至于表达方式则应该由导演来做。

如果场景不变，场与场之间的时间是连续的，下一场接上一场之后，可以是回忆、复述以前的情节。这里要强调的是，编剧要在回忆、复述情节时加以注明，以便使导演设计表达回忆、复述的情节。

3.人物

人物在该场出现，也当注明，使得制片、导演在组织拍摄时有足够的资料。编剧需要准确地写出所有人物特别的地方，如不寻常的装扮或复杂的身份，只有这些都写得十分明确，导演、制片、演员才能够清楚明白地进行工作。

4.编号

在此特别强调，为了工作方便，编剧依据地点的转移进行分场时，要对每一场戏进行编号，序号务必要标示出来，便于制片、导演进行统计。

5.两类场景

每个场景都必须向读者或观众揭示必要的故事信息。一般来讲有两类场景：一类是视觉场景，另一类是对话场景。

视觉场景就是发生的某些能"看见"的事情，比如动作场景有《黑客帝国》的开场、《功夫》的打斗动作、《冷山》中的战争场景。

另外一类是人物之间的对话场景，如情节剧《我爱我家》《生活大爆炸》等基本全是对话。

而大多数情况下的场景是两者的结合，在对话场景中常有一些动作在进行，而在一个动作场景中也常有一些对话。一般来说，对话场景不能写得太长，美国编剧剧本的一页约等于银幕时间的1分钟，大多数的对话场景最好不超过2~3页，也就是2~3分钟，否则会产生审美疲劳。中国的剧本按照字数算，一般1秒钟3个字左右，大约一分钟200字。所以，一段对话最好不要超过600字。

6.情境描写

场景的情境描写也很重要，比如天气、街景等环境描写，描述性文字是奠定影片基调、气氛和氛围的关键。

二、分场构思方法

按照三幕式结构形成一部完整的电影，进一步对剧情进行划分，一幕是最大的结构单位，几个大段落可以构成一幕，系列场景构成一个大段落，系列镜头构成一个场景。因此在构思剧情的时候，并不是一开始就从分场入手，第一步先要构思好三幕式结构；第二步对每一幕中的段落进行划分，特别是中段比较长的部分，更是要划分几个大段落；第三步按照地点转移对每个大段落进行分场；第四步进行分场景写作的时候要用画面思考，要有分镜头意识。分场景写作的时候要注意以下几个方面。

（一）逻辑性

分场要注意地点、时间转移的逻辑性，凡由一个地点转移到另一个地点，必定有原因。如果没有原因，为什么不在同一个地点继续完成呢？不要以为场数多，节奏便会快，这是错觉，节奏快慢与剧情内容多寡有关系，与分场多少没有关系。一场戏，同一地点或同一时间可以发生很多内容；反之，变换很多地点、时间而没有重要事件，或事件兜转不前，节奏也是慢的。

因此，一场戏有话则长，无话则短，不放过任何小节，一些感情要尽量写细，戏味才会出来；反之，一场交代少许剧情、没有关键性因果、感情描述的戏，则可以短一些。要分轻重来写场面，这一点十分重要。

（二）人物反应

写剧本根据地点的转移进行分场，一场戏发生在什么地方、什么时间、每个人物会对这件事有什么反应，这就是推戏的依据。不同的人有不同的反应，是因为这些人的性格不一样，因此，要依照人物性格来写人物的反应。

古人云"患难见真情"，当一桩事情发生之后，互相之间有关系的人物自然都会有反应，这是考验人物之间的关系和人物感情的最佳时机。剧本写作要抓住这个机会，思考人物周围各个相关角色的反应，细致地写出这些人物的反应，并透过这些人物对事情做出的反应，展现这些人物的感情，以加深观众对这些人物的认识和对主角性格的印象。

作为电视剧编剧，通常最易犯粗枝大叶的毛病，不深入描写有关角色的反应，只求情节继续向前发展，见事不见人，看不到人物的感情表达，这是剧本写作的大忌。

（三）事件的影响

一个冲突事件发生之后，必定会带来或大或小的影响，这个影响会改变角色的性格，也会改变角色之间的关系，同时为下一个情节的发生埋下伏笔，又或是下一个事件的开端。

剧本写作要写出冲突事件发生以后各方面的反应，写这些反应形成的波浪，做到一石激起千层浪。浪有大有小，甚至有余波，尤其在电视剧中，观众比较有耐性欣赏余波，余波还可以不断激起小高潮、小冲突，抓住这些反应和冲突的影响，能使情节变得充实、曲折动人。

（四）感情的变化

写戏不能单单表现剧情，剧情只是事件，事件是冷冰冰没有温度的，写感情才有温度。电影和电视剧由一个个有因果关联的事件组成，但是如果每一场戏都只是说明事件的前因后果，观众就只能看到事实，没法产生情感上的共鸣。因此，只有在事件的表述中夹杂主要角色等人的感情，才能打动观众。

每个角色都是活生生的人，既然是人就必然有感情，人与人之间必然会产生伦理关系。一旦冲突事件发生，冲突发生前后以及冲突发生的过程中，君臣、父子、兄弟、夫妻、朋友之间的感情就会引发出来，这是做文章的大好时机，不能轻描淡写地放过。要抓住最能与主题发生关联的感情进行描写，根据叙事的逻辑来写这些场景中的感情，增加整个剧情的温暖感，提高观众的兴趣，以期打动观众。

（五）写支线的头与尾

影视作品一般都有主线和支线，特别是电视剧都会有支线，否则难以撑起几十剧集。凡是支线，必然是由主线生发的，与主线有关联。虽说支线应做到不喧宾夺主，但是要起到影响主线、反映主线、衬托主线的作用。支线顺势并入主线，并有始有终。

在大段落中进行分场推戏的时候，写主线的同时要兼顾顺势生发的支线，也要注意把前面发生的支线顺势进行完结。安排支线不可旁逸斜出，要顺势而为，恰到好处。当然支线也不能盘根错节、节外生枝。无论如何，都要以观众能够看得清楚明白为准。

三、分场的写法

分场以地点的转移为依据来分，应写发生在特定地点的戏剧动作、对白。所谓戏剧动作，就是写角色做什么；对白就是角色所说的话语，也就是台词。

一部电影包含几个段落，大多数动作片都由一系列推动故事向前发展的段落组成。写动作电影或动作段落是一门艺术，写得好能形成独特的个人风格，写得不好将会索然寡味。比如，电影《红海行动》围绕6个主要的动作段落展开：

（1）中国海军"蛟龙突击队"解救被海盗劫持的中国商船。

（2）奉命改变航向，执行撤侨任务。

（3）保护中国领事馆及侨民撤离。

（4）营救被绑架的中国侨民邓梅。

（5）营救被挟持的150名外国侨民。

（6）夺回核战的原材料。

（一）形象化

如果小说家是用语言思考的，编剧就是用画面思考的，编剧写剧本一定要有画面感，要有内视内听的能力。在进行剧本写作的时候，对于所发生的事情，脑海里要有场景，并且要设计角色在场景中的活动。思考剧本的时候，脑海里一个镜头、一个镜头地出现，以此串起情节和对白。编剧不仅要在脑海里能够看到角色的动作，也要能听到角色的对白。有了这种能力，写一场场戏便不是问题了。

编剧的这种形象化思维可以进行训练，比如你去过某一个地方，闭上眼睛在脑海里重现这个地方的全貌，并且回忆这个地方的人在里面走动的样子。如果经常做类似的思维训练，形象化思维就会变得越来越强。

假如编剧从来没有到过这个地方，一切布景都是编剧设计的，还设计了一个不认识的人在这个场景中或静或动，甚至人物的音容笑貌都尽数皆知，差不多就可以得80分了。再进一步想象熟悉的朋友或演员在脑海里朗诵一段文字的声音，那就成功了。

剧本写作都是按次序一个接一个镜头描写，尤其在进行剧情动作描写的时候更是这样。

（二）分清主次

如果不是过场戏，每一场戏都应有一个最重要的情节，编剧每开一个场口都是有目的的，这个目的一定要交代清楚。

如果一场戏不止一个目的，那么就要根据主次来写，做到层次分明。但是一般情况下，一场戏的目的不要太多，如果不止一个目的，可以再分一个场次，以便观众理解。

（三）说明技巧

写剧本与写小说不同，小说可以花大量的笔墨进行描述，以求呈现一个形象，比如描述一座建筑物。而剧本写出来是要用镜头呈现的，一座建筑物只需要一个个镜头，花上不到一分钟时间就呈现在观众面前，若是文字描述则要花费大量时间。小说可以停止故事情节的进展，进行大量的叙述、评价，甚至心理活动的描写。但是剧本不行，不能让人物站在镜头前进行大量的心理自白，必须采用一种非叙述、非描写、非评论、非说明的方法。

剧本写作要通过间接的、暗喻的、对比的、反射的、烘托的方式交代上述叙述、描写、评论及说明。观众第一次见到戏中主要场景时，会感到有点陌生，比如街景，王家卫的电视剧《繁花》通过阿宝骑着自行车在街上穿梭所过之处，交代了20世纪90年代上海的风情民俗。以这种方式进行表达，有戏剧动作，不是硬生生的叙述冲突，伴随着画外音，男主骑着自行车前行不至于平淡。间接的描述使观众随着骑车人看到了大部分街景的内容，有了印象。不刻意描写，而通过主人公的着装和画外音，给观众介绍了他的主要性格及与后面要呼应的人物关系，也为后面人物身份的变化埋下伏笔。

初当编剧的人，都容易犯用角色对白来叙述、描写、评论或说明解释剧本的毛病，这是一种拙劣的方法。遇到叙述、描写、评论、说明及解释时，第一个观念应是删除以对白来完成这个任务的想法，强迫自己不用对白，只可以用画面，这样脑海中就会出现很多种办法。多看电影电视剧，这种描绘能力自然就增强了。

（四）交代的技巧

因为观众一开始是不知道故事的来龙去脉的，编剧要提醒观众，交代故事的背景、原因和时间，也就是观众需要知道的内容。

最简单的方法就是用字幕交代，但是用字幕交代有利也有弊。好处是迅速地交代出前因。例如，故事发生在什么年代，有什么特点，使得戏的发展有必然性的背景。坏处是在银幕或荧屏上用文字毕竟不如画面有冲击力，观看效果不是很好，因此能不用文字就尽量不用文字。还有一种方法就是用独白来介绍背景，如角色第一次出场的时候，自己介绍身份、背景，使得观众掌握信息。

如果要避免文字和独白，最好用序场进行交代，把要交代的内容通过序场的画面展示给观众。序场宜简单，在短短的几分钟之内就把前因说明白，还可以一物多用，既交代故事的来源，又交代时代背景、戏剧形式，还有主要人物关系，浓缩而简洁。序场一般很短，不易展开，因此要交代最重要的信息，可以是引起后面故事发生的主因，也可以是该剧最大的悬念。

另外，编剧还可以用半集，甚至一集的篇幅把前因、关系、性格、风格等向观众交代清楚，原则上要简洁，用平铺直叙的手法不适合，应多用对比、烘托及暗示的手法。

（五）晚进早出

"晚进早出"是指一场戏，或者说一场重场戏要注意的一个技巧，这是场景写作最重要的技巧之一。一场戏可以分为开端、发展、高潮和结局四个部分，所谓的"晚进"就是这场戏不能一开场就是冲突的高潮之前，如果离高潮太近，只有一两句话就到了高潮，可能观众还没弄明白怎么回事，这场戏就过掉了。如果离高潮太远也不行，观众可能没有耐心看下去。所以就要根据场景内容的不同，视具体情况来确定，没有一定之规。关键是要先明确人物的戏剧性需求，然后表达清楚。

比如，作为主角的卧底警察的戏剧性需求是要取得他的对手黑帮老大的信任，阻力是这个黑帮老大已经在怀疑卧底警察的身份，这是一个典型的场景。那么，应该在什么时候开始比较合适呢？首先，应该确定冲突的高潮是什么。如果是黑帮老大揭穿卧底警察的身份，这时候就不能进得太早，如果卧底警察才开始说话，黑帮老大就表示我已经知道你的身份了，这个戏就太直接、太平淡无味了。那么什么时候进比较好呢？应该从黑帮老大假装不知道的时候进。卧底警察为了取得黑帮老大的信任，说了一番话或者做了一件事，黑帮老大假装很高兴，这里大约需要一两个节拍。然后卧底警察再发动攻势，黑帮老大假装接受，最后卧底警察发动更强的攻势，黑帮老大表示完全接受，这可能需要两三个节拍。这时观众已经通过编剧的暗示，准备为卧底警察的胜利叫好，突然黑帮老大叫出了卧底警察的真实姓名，这里就是高潮。于是，就可以考虑"早出"了。

"早出"就是这场戏的结局还没有出来就换场景了。当黑帮老大揭穿了卧底警察的身份后，卧底警察的反应就是这场戏的结局。这个反应可以不交代就出来，产生一个巨大的悬念，但是也要注意与下一场戏的连贯性，否则观众会被搞糊涂，也不利于塑造主角的形象。也可以再增加一个节拍，让主角反过来问一句，而且问得对手哑口无言。从这时出，应该比从上一个反应处出要好。

这里要强调一下，场景最好的结束时机应该是动作方向的改变之处，也就是人物的戏剧性需求有了新的变化。"早出"不能一味只追求悬念感，更要注意场景转换和人物形象塑造的需求。

（六）用"反衬法"来设计场景

演员的表演常用此法，比如要表演愤怒，常常先温柔地笑，把愤怒隐藏在和善的面孔下面，马龙·白兰度的表演就是这样，剧作者也可以采用此种方法。比如在水族馆的鲨鱼和梭子鱼面前谈恋爱、在温馨的月光晚餐中说分手。

四、集体创作

剧本有个人创作，也有集体创作，尤其是电视剧的长度很长，这样宏大的工程往往采用集体创作的方法。剧本创作是影视作品工业化生产中的一环，在美国、中国香港写剧本，尤其是肥皂剧的创作，往往都是编剧集体创作。如今集体创作的形式越来越流行，下面就介绍一下集体创作。

集体创作讲究分工合作，是一种流水化的工作模式。要想剧本具有完整性、统一性，先要弄明白集体创作的工作方式和工作流程，这里主要以电视剧创作为例进行介绍。

（一）工作方法

一般而言，集体创作的队伍包括一名编审、三四名编剧，该剧集的制片也算其中之一，这样一个编剧队伍就组成了。在这个队伍里，编审对剧本的走向和质量进行通盘把控，制片的加入是为了能够对剧集的成本预先进行把握。参与集体创作的编剧必须具备下列的基本素养和品质。

一是与他人协作的精神。一方面编剧要对该剧有浓厚的兴趣，能够坚持到剧本创作全部完成；另一方面也要对同伴所说的桥段感兴趣，通过自己的联想，在别人说的桥段的基础上，进行设计、润色、加工、增减。因此成员对剧本的了解、欣赏、联想，对素材的敏感度，对他人所想内容的容忍度都要有高水平。有些编剧很有个性，不喜欢集体创作，只喜欢个人埋头写作，不认为集体创作有趣，这类编剧不适宜参加这种工作。

二是团队精神。一般来说，团队里的编剧水平不会完全一样，肯定会出现参差不齐的情况，有的水平高一点，有的水平低一点，功底深厚一点的要协助其他人完成。剧本是众人共同所有的，不求个人突出，要荣辱与共，最终目的只有一个，就是整个剧本写得好。

三是积极参与的精神。集体创作对剧本的讨论是必然要进行的，在讨论的过程中每个人都要积极参与进来。如果仅仅只有一两个人在讨论，其他人都不积极，即便是参与进来也只是流于形式，不提一些具有建设性的批判，这种状态必然会影响整个团队的积极性，不利于创作出好的剧本。因此，各个队员都要积极投入工作，互相沟通，查缺补漏，取长补短，才能创作出好的剧本。

四是以编审为核心。编审是整个编剧队伍中的核心人物，带动整个创作。在创作过程中，编审一方面要积极鼓励成员提出一些不成熟的想法，激发创作成员联想的积极性；另一方面要对不成熟的想法有容忍度，积极加以改良。编审也是对素材定夺做出最终决定的人，取舍的标准就是是否符合原定的主题和戏剧原理，编审定夺之后对取舍的理由要加以说明。总之，作为剧本创作核心人物的编审，负责统一多位编剧的上下文、角色性格、语气用词，使整个剧本看起来就像一个人执笔，有统一性、完整性。

五是责任心。一般来说，编剧队伍里有第一编剧，第一编剧都是比较资深的编剧，对剧情发展的设计起着重要的作用。团队中的编剧要重视这项工作，要深入整个剧本创作的构思，相互切磋。一方面，要反复检查自己负责的剧本；另一方面，也要看其他编剧写的剧本，以原定创作依据为标准，参考团队成员的写法，互相交流。

编剧在执笔的时候可以考虑加一些细节，这些细节不一定是分场中有的，只要是对剧情发展有用的都可以，但是要注意提醒编审和其他编剧，以便在创作过程中可以成为伏笔或呼应。

一言以蔽之，集体创作中剧本编审和编剧要安排足够的素材，安排丰富而戏味浓郁的素材并非容易之事，也是要讲究方法的。

（二）工作流程

集体创作是一种流程化的创作模式，在创作工作中要准备好以下文本，创作才能顺利进行。

1.拟定类型

拟定剧集的形式，是喜剧还是悲剧，是古装剧还是时装剧，是改编还是原创，是侦探剧还是武侠剧，一共多少集等，都要事先拟定好。

2.拟定主题

剧集要讲什么，要暗示给观众一个怎样的信息，这就是主题。

3.故事大纲

从剧集的开头写到结尾，特别是起承转合的结构要写清楚，旁枝末节可以省略。

4.人物性格描写

进行剧中人物性格、主要人物关系及他们关系的变化等描写时要越详细越好，要写好长相、特征、特点，以便导演等人参考。

5.分段设计

剧情分段设计应依照起承转合，分出每段大约多少集。有时候可能用几集或者几十场讲述一个大情节。电视剧创作尤其要有分段设计，集体创作要先讨论好分段设计，然后才能进行分场，这样有利于做好扎实的结构。

6.分场

分段设计做好以后，就可以对这段大情节进行细分场了，每一场讲什么要有一个大致的方向，写一个大概即可，对话可以不用写出来。

7.写剧本

这是集体创作的最后一个环节，终于可以开始写剧本了，每一集有30～40场戏，分集做好后，每一集应细分到对话怎么写。可以每个编剧负责写5集左右，一般前5集由编审来写，每个编剧要把写的剧本给编审进行审看，编审进行统筹，最终写出完整的剧本。

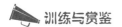 训练与赏鉴

一、训练

1.训练目标

为自己要写的剧本撰写分场景剧本。

2.训练方法

以地点的转移进行分场，按照以下格式做分场：

（1）要写明编号"第（几）场"。

（2）地点，或特别强调的地方。

（3）时间，也就是日、夜或特定时间。

（4）人，即此场的人物，或加上特别注明（此项港台剧本一定要有，一般内地剧本不作要求）。

（5）主要写这场戏的动作和对白。写动作可以考虑加上括号。写对白时要先写出人名，再打上冒号，人名如果用人物的简称，要上下文统一，不能随意变化。如果有需要，对白的语气要进行说明，可以用括号强调。

（6）分场要合理。影视时空具有跳跃性的特点，在进行分场的时候切忌记流水账。

3.训练提示

剧本一般由一系列动作或一系列对白构成，其分段不像小说的分段，剧本写作要求写出画面感，因此编剧写作的时候，脑海里有分镜头、系列动作或系列对白，分段由编剧按照主观决定的分镜头来分来写。

电影剧本多用动作，尽量少用对白，能用画面表现的就尽量用画面；电视剧剧本以对白为主，一般靠对白推动故事情节。

90分钟的电影剧本一般有100场戏左右，字数大约30 000字，依据电影的节奏快慢，可多可少，如果导演多用长镜头，那么场次就会少一些。一集45分钟的电视剧剧本最少要有30场戏，大约15 000字。

二、鉴赏

仔细阅读下列分场景剧本，分析剧本的优点与不足之处，并对剧本的不足之处提出合理的修改意见。

短片《艺术团》

一、主题

这是一群在殡仪馆工作的女孩子的故事，尽管受人歧视，可她们却说"不仅我们的工作，我们的生活也充满艺术"。

二、人物介绍

1.赵萌萌　24岁，殡仪馆新来的钢琴师，音乐学院毕业，性格沉静，细致敏感。

2.白云　45岁，殡仪馆馆长，果断干练，擅长管理。

3.郑小美　27岁，殡仪馆化妆师，孤儿，活泼外向，开朗大方，性格直爽。但是在化妆的时候格外沉静，仿佛变了一个人似的，格外虔诚。

4.王文萱　28岁，殡仪馆策划师，"殡二代"，充满感性和自尊，能放能收。

5.柳静雅　25岁，殡仪馆主持，播音主持专业毕业，性格温婉，善解人意。

6.许蕾　32岁，殡仪馆行政主任，稳重大方，生活得坦然而自在。

7.杨婆婆　65岁，开报亭，慈祥仁爱。

8.大伟　34岁，许蕾的丈夫，家庭妇男，爱家爱老婆。

9.贝贝　5岁，许蕾的儿子，天真单纯，调皮捣蛋。

三、故事梗概

赵萌萌大学毕业后找工作四处碰壁，如果再找不到工作，她就只有从省城回县城老家就业。适逢省城的殡仪馆招聘服务工作人员，同时他们的艺术团要参加一个国际比赛，需要一个学舞蹈的带领大家排练舞蹈《龙船调》。赵萌萌前来应聘，她能歌善舞，钢琴过了十级，馆长白云录用了她。

赵萌萌为节省话费来报亭打电话，将找到工作的消息告诉父母，父母强烈反对，让她立刻辞职。

赵萌萌很沮丧，她买了一些有招聘信息的报纸。当她正准备回家时，天突然下起雨，报亭的主人杨婆婆借给她一把伞，令她感到十分温暖。杨婆婆60多岁，很干净、慈祥的样子。

第二天，赵萌萌上班就准备交辞呈。馆长白云却拉她去看钢琴，殡仪馆特意买来一架钢琴摆在大厅，希望用音乐来抚慰那些沉浸在悲伤中的人们。因为这架钢琴，赵萌萌没有辞职，她的工作主要是为休息区的人们弹钢琴。

赵萌萌还有一个重要任务，就是尽快带大家排练舞蹈《龙船调》，参加国际大赛。时间紧任务重，赵萌萌十分着急，偏偏排练中老出状况。策划师王文萱被客户"文身男子"辱骂威胁，情绪波动太大，耽误了排练，赵萌萌不知内情，与之发生冲突。化妆师郑小美打抱不平，与赵萌萌吵起来。最后，还是馆长白云出来才化解矛盾。而殡仪馆主持人柳静雅却与赵萌萌成为朋友，经常一起下班回家。

赵萌萌下班后习惯到报亭杨婆婆那里买报纸，关注招聘信息，却总是忘了把伞还给她。杨婆婆并不在意，总是慈祥地接待她。

排练依旧进展缓慢，柳静雅主持追思会现场情绪失控，影响到当天的排练。白云来巡察，在安慰柳静雅的同时，提出让赵萌萌参加下次的追思会，这让赵萌萌恐惧不已。

赵萌萌又去买报纸，杨婆婆仿佛跟她有默契似的，早给她留好几份有招聘信息的报纸，令赵萌萌感激不尽。

排除万难，终于成功办好"文身男子"母亲的丧事，"文身男子"对王文萱感激不尽。柳静雅的主持也十分成功，而赵萌萌也终于突破心理防线，鼓起勇气到了追思会现场。

中秋节，赵萌萌在行政主任许蕾家度过。看到许蕾不能告诉孩子自己是在殡仪馆工作，也不敢去参加亲友的婚礼时，赵萌萌感到很心酸。

排练到了紧要关头，艺术团的姑娘们加紧了练习，舞蹈越跳越好，馆长白云脸上露出了难得的笑容。她告诉姑娘们，特殊的职业使得人们不理解我们，甚至忌讳我们，可是我们却用心把我们的工作当艺术，同时我们也要让我们的生活充满艺术。希望大家能够在这次比赛中大胆展示自己，获奖不重要，重要的是展示我们内心的阳光。

一番话让赵萌萌有很大的触动。可是，赵萌萌的父亲为她在老家找到了一份小学教师的工作，要她一定辞掉这份工作。

赵萌萌终于下决心辞职，却接到杨婆婆去世的消息。原来，杨婆婆晚上往浴缸里放水给小孙子洗澡时，突发脑出血。

赵萌萌很震撼。

追思会之前，小美给杨婆婆化妆，赵萌萌忍不住来到现场，却不敢看杨婆婆。小美给杨婆婆化妆的表情是那样的恬静，动作是那样的灵巧、轻柔。小美专注的神情让赵萌萌不由得肃然起敬，这和排练场上吵吵闹闹的那个小美判若两人。赵萌萌最初不敢多看杨婆婆的脸，站在化妆间大口地深呼吸。不一会儿，小美轻拍着手，脸上露出了满意的笑容。赵萌萌鼓足勇气去看了看，她惊呆了，躺着的人面容栩栩如生。慈祥清瘦的杨婆婆静静地躺在那里，仿佛睡着一般。

赵萌萌特意为小美弹奏了一首钢琴曲，小美充满感激。

比赛开始，艺术团的成员在舞台上尽情地舞着，脸上洋溢着发自内心的笑容，《龙船调》的演出令人震撼。电视机前的白云馆长泪流满面。

这次比赛，殡仪馆的舞蹈《龙船调》得了第一名。此刻，赵萌萌不仅认识到殡仪馆工作的意义，甚至对生与死有了新的看法。她想起村上春树的一句话："死并非生的对立面，而是作为生的一部分永存。"

既然死不是可怕的事情，那么还有什么理由拒绝这项工作呢？赵萌萌撕掉了辞职信，决定留在殡仪馆工作。

四、剧本

1.殡仪馆服务大厅　日　内

大厅布置得优雅、时尚，充满艺术氛围。

赵萌萌一袭白裙，正在弹奏钢琴，气质高雅、庄重。

2.排练大厅　日　内

地面上泛着光，亮得能照见起舞的人。

郑小美正在翩翩起舞。

3.健身房　日　内

健身房各种器材齐全。

柳静雅正在健身。

4.阅览室　日　内

一排整齐的书柜，书柜的柜面发光，整个阅览室显得安静而舒适。

王文萱正在翻一本心理杂志。

5.礼仪大厅　日　内

女孩子们一律白衣黑裙，一字排开，仪态端庄。

许蕾正在来回检查女孩们的仪态，表情严肃认真。

6.馆长办公室　日　内

馆长办公室布置得时尚而厚重，充满艺术的氛围。

馆长白云正在计算机上查阅资料。

7.排练大厅　日　内

姑娘、小伙子们身着民族服装，正在纷纷起舞。

片名：艺术团

演职员字幕。

黑暗中光斑闪动，看不清道不明。

8.殡仪馆大门口　日　内

阴森森的殡仪馆大门口，一个表情呆痴的男子捧着遗像，一个女子使劲抽泣。后面跟着三五个人，面容凝重。

人群后面，几栋阴森森的大楼高耸着。

周边绿树成荫，包围着大楼。

潮湿、阴冷。

9.会议室　日　内

这是一个临时的面试现场。

赵萌萌潦草地做了几个舞蹈动作。

她的对面坐着馆长白云，正笑眯眯地看着她。

赵萌萌：我主修舞蹈，钢琴过了十级，这是我的证书。

说着递过去。

白云：（接过证书翻看着）嗯，不错。

白云把证书还给赵萌萌，依旧笑眯眯的。

赵萌萌接过证书。

白云：明天就来上班吧。

赵萌萌一脸意外，没想到被录取了。

10.服务大厅　日　内

服务大厅里，姑娘们身着白衣黑裙，一字排开，正在等待来宾。

白云向大家介绍赵萌萌。

白云：这是新来的赵萌萌，她的主要工作是前台接待，刚从学校毕业。

姑娘们都友好地看着赵萌萌。

赵萌萌脸上带着些许自傲。

白云背着手绕着姑娘们转了一圈。

白云：（笑眯眯地）最关键的是，我们艺术团又添了一个人才，这次国际比赛，舞蹈《龙船调》肯定能拿奖。

姑娘们都笑了起来。

白云：（拍了一下赵萌萌的肩膀）《龙船调》就靠你了，时间紧，任务重。

赵萌萌矜持地点点头。

白云：好了，大家各就各位，开始工作了。

10a.服务大厅门口　日　内

陆陆续续有人进出。

一群人，有男有女，胸前别着小白花，一个个都面露悲伤的表情走进来。

一个男子抱着父亲的遗像，在一群人的簇拥下走出大厅。

一个胳膊上有文身的男子走了进来。

10b.服务大厅前台　日　内

柳静雅带着胳膊上有文身的男子来到前台。

前台姑娘与客人交谈着。

文身男子一副傲慢的表情。

10c.服务大厅接待区　日　内

王文萱与客人面对面交谈，亲切而又自信。

伴随着画外音……

赵萌萌（画外音）：大学毕业后，我一直找不到工作，我家在外地，再找不到工作就只有回县城老家了，来这里可以让我暂时在这座大城市有立足之地。眼前令我感觉这里不是殡仪馆，倒像是宾馆，但是我还是隐隐有些害怕，不知道我将面临什么样的未来……

11.报刊亭　日　内

殡仪馆边上的报亭摆放着电话、各种报纸，还有一簇簇菊花。

赵萌萌在给父母打电话。

赵萌萌：爸爸，我是萌萌。……我在电话亭，电话亭打长途省钱。……我找到工作了，在殡仪馆服务大厅工作。

赵萌萌听着电话里爸爸讲话，越听脸上越难看……

赵萌萌无可奈何地挂掉了电话，眼里噙着泪水。

报亭里的婆婆有些担心地看着她。

赵萌萌付钱给婆婆，看她那样看着自己，有些不好意思地擦擦快要流出来的眼泪。

赵萌萌看到报亭里摆着一大堆报纸，迅速翻看起来。

婆婆：（温和）想看什么呢？

赵萌萌：有很多招聘信息的那种。

婆婆递给赵萌萌几张报纸。

赵萌萌付钱后正准备离开，天突然下起雨。

报亭婆婆借给赵萌萌一把雨伞。

赵萌萌：谢谢!

赵萌萌充满感激地离去。

12.宿舍里　日　内

赵萌萌在计算机上拼命寻找招聘信息。

赵萌萌：（画外音）父母坚决反对我在殡仪馆工作，让我明天就辞职，没想到我的第一份工作还没有开始就要结束了，其实，我也只想临时待一阵子……

13.殡仪馆广场　日　内

天气晴朗，广播里正在播放轻音乐。

柳静雅的声音从广播里传出来。

柳静雅：今天午后有雨，提醒市民朋友们出行别忘了带雨伞。

白云从车里下来。

赵萌萌一见，急忙奔跑着赶上去。

赵萌萌：馆长，我想跟您说件事，我不打算……

白云看了赵萌萌一眼，仿佛没听见一般。

白云：（不等她再开口，热情）走，我带你去看一样东西。

14.服务大厅休息区　日　内

一架豪华的三角琴赫然展现在赵萌萌眼前。

赵萌萌开心地奔了过去，叮叮咚咚地弹起来。

白云：（笑眯眯）这是我们馆新买的，以后，你的主要工作就是弹钢琴。

赵萌萌：（两眼放光）真的吗？

白云：这是我们馆里一项新的服务，用音乐抚慰那些悲伤的家属，给他们一个释放忧伤的空间。

赵萌萌眼里的光彩顿时褪去。

白云不再理会她，迅速离开。

白云：（突然回头扔下一句话）下班后，记得带领大家排练《龙船调》。

赵萌萌无可奈何地点点头，她收敛情绪，认真地弹起了《秋日私语》。

15.排练现场　日　内

姑娘们穿着红色的紧身上衣和黑色的紧身裤子，正坐在地上，整齐划一地跟着赵萌萌做一个云肩转腰的动作。

郑小美动作总是不到位。

赵萌萌给她纠正，郑小美还是做不到位。

赵萌萌显得很不耐烦，皱着眉头。

郑小美不高兴了，突然站起来离开队伍。

赵萌萌：（盛气凌人）你怎么回事？

郑小美：（脸色难看）我上个厕所，你有意见啊？

赵萌萌脸都气白了，她无可奈何地带领大家继续练习。

突然王文萱的电话响起来了，王文萱慌忙冲出队伍，在包里翻找电话。

赵萌萌：（气愤地）这种状态怎么排练啊，算了算了，大家自己先练着。

赵萌萌生气地走开。

姑娘们动作顿时凌乱起来。

15a.排练场的门口　日　内

王文萱专注地听着电话，脸色突然大变。

郑小美上完厕所进来，关心地看着她。

王文萱接完电话，差点要哭起来。

郑小美：（关心）萱萱姐，怎么啦？

王文萱：上午那个客户。

郑小美：就那个胳膊上有文身的家伙？

王文萱：是的，他说如果给他母亲的丧事办不好，让我吃不了兜着走，办好了吃香的喝辣的。还在电话里骂我，那侮辱人的话，我，我，我说不出口。

王文萱说着哽咽起来。

15b.排练大厅中央　日　内

赵萌萌：（不耐烦）喂喂喂，你们两个还练不练，不练拉倒，没几天就要比赛了，我没那么多时间跟你们磨叽。

15c.排练大厅门口　日　内

郑小美不高兴了，她拉着王文萱走了过来。

郑小美：（边走边嚷）有什么了不起的，这不有事吗？你要有事你走好了，别以为没了你这个粑粑就做不圆。

15d.排练大厅　日　内

赵萌萌气得发抖，甩掉两只舞鞋，头也不回地走了。

姑娘们停下来，都紧张地看着这场突如其来的冲突。

这时候，白云进来，赵萌萌和她差点撞上。

白云：（冷静）怎么回事？

赵萌萌低着头，一言不发地冲了出去。

白云：（冲着柳静雅）柳静雅，你去看看她怎么回事？

柳静雅迅速站起来，跟着赵萌萌走了。

白云：比赛越来越近，都到节骨眼上了，你们还在这给我闹情绪。

（看着王文萱）王文萱，你怎么回事？

郑小美：（抢着说）上午那个文身的男子又打电话来威胁她。

白云：郑小美，你给我闭嘴，想都不用想，肯定是你把赵萌萌气走的，你这火暴脾气什么时候改得了？

郑小美撇撇嘴，欲言又止。

白云：萱萱，不是我说你，一个电话就让你成这个样子，亏你还是"殡二代"，做策划也很多年了，这点事就吓倒了？

王文萱：不是，他侮辱人。

白云：受点委屈就成这样了？好不容易给你们找来个领头排练的，你却给我气跑了，还练什么练，都散了吧，萱萱你到我办公室来。

不等王文萱应声，白云已经走了。

大伙儿都担心地看着王文萱。

王文萱：（反而轻松了）看什么看啊，这是要给我出谋划策呢。

16.路边　日　外

柳静雅陪着赵萌萌，边走边聊。

柳静雅：你还在生郑小美的气？

赵萌萌：没有，刚才我也不对，太心急了，想快点把舞蹈排出来。

柳静雅：郑小美是个孤儿，在民政学校里学的是殡葬专业，现在专门给死者化妆。她就是脾气有点冲，人其实很好的，接触时间长了，你就知道了。

赵萌萌的表情有些惊讶。

17.报亭　日　外

柳静雅跟着赵萌萌一起来买报纸，柳静雅很熟似的跟婆婆打招呼。

柳静雅：杨婆婆，好久不见，越老越漂亮了。

杨婆婆：主持人做久了，嘴巴都抹蜜。

赵萌萌看了柳静雅一眼，充满了疑问。

柳静雅：嗨，就是追思会的主持人，什么时候你跟我去现场看看。

赵萌萌：（着急）拜托给我留条活路，我害怕。

柳静雅：（满不在乎）没你想的那么夸张。

赵萌萌翻看着报纸，突然想起杨婆婆借给她的伞。

赵萌萌：杨婆婆，不好意思，我又忘了把伞给你带来了。

赵萌萌有些不好意思，她一边拿起几张报纸，一边付钱给杨婆婆。

杨婆婆：（一边收钱一边说）没事，我这还有一把呢。

柳静雅：（好奇）你买这么多报纸干吗？

赵萌萌：（调皮）保密。

赵萌萌说着看了杨婆婆一眼，杨婆婆会心地笑笑。

18.服务大厅休息区　日　内

赵萌萌在弹奏《秋日私语》。

休息区有几个客人喝着茶，沉浸在钢琴声里。

伴随着画外音……

赵萌萌（画外音）：在这里已经快一个月了，父亲一直在电话里催我辞职，可我就是张不开嘴。我不知道是什么吸引了我，这里的每项工作都那么讲究、那么细致，我感受到殡仪不仅仅是一种仪式，更是一种艺术。由于大家每天都要经历伤感，为了让大家的身心放松，馆长白云特意组建了艺术团，建造了职工之家。下班后，大家可以唱歌、跳舞、健身，做各项运动……

伴随着画外音，赵萌萌弹琴和闪回交替出现。

闪回：

18a.服务大厅　日　内

姑娘们身着黑白衣裙，一字排开，点头弯腰微笑，迎接来宾。

18b.服务大厅前台　日　内

柳静雅带着客人来到前台。

前台姑娘与客人交谈着。

18c.服务大厅接待区　日　内

王文萱熟练地拿出手机，与客人面对面交谈，耐心地为客人出谋划策。

18d.追思会现场　日　内

盛大的追思会现场，死者被鲜花环绕，整个设计简直就是一件精美的艺术品。

18e.服务大厅的制作间　日　内

一个身着白衬衣的小伙子，正在打磨骨灰盒。

在他的手边摆放着各种如工艺品一般精美的骨灰盒。

18f.排练现场　日　内

姑娘们穿着红色的紧身上衣和黑色的紧身裤子，正坐在地上，整齐划一地跟着赵萌萌做一个云肩转腰的动作。

赵萌萌的手柔软地舞动。

19.排练现场　日　内

赵萌萌的手柔软地舞动，她正在教大家练习舞蹈动作"云手"。

柳静雅显得心事重重，动作连连出错，索性不做了。

赵萌萌看在眼里，若有所思。

赵萌萌：中场休息吧。

姑娘们一哄而散。

只有柳静雅坐在原地没动。

赵萌萌默默地走到她旁边坐下。

赵萌萌：怎么啦？

柳静雅：（眼圈红了，哽咽）早上追思会的时候，那个，那个家属突然从队伍里冲出来，扑到死者身上哭喊，我，我不知道该怎么办。

赵萌萌听了柳静雅的话，有些茫然，不知道怎么安慰她。

白云突然进来了，她走到柳静雅的身边站定。

白云：哟，还哭上鼻子啦，不就是现场失控吗？缺乏经验知道吗？以后多练练不就好了。

赵萌萌：（鼓励）对，多练练。

白云：（看了一眼赵萌萌）对，多练练，下次你也跟着去练练。

赵萌萌：我，我害怕。

白云：害怕？不都是从害怕过来的？不练，你怎么知道害不害怕？就这么定了，（不容分说）柳静雅，明天的追思会带上她。

赵萌萌愕然。

20.报亭　日　外

赵萌萌和柳静雅路过报亭，赵萌萌突然想起什么似的。

赵萌萌：你等等我。

不等柳静雅回话，赵萌萌向报亭走去。

不用赵萌萌翻找，报亭的杨婆婆心有灵犀地给了赵萌萌几份报纸。

赵萌萌眼里充满感激，付钱离开。

21.公交站　日　外

赵萌萌和柳静雅在等公交车。

赵萌萌：明天真的要去现场啊？

柳静雅：馆长说了要去就一定要去。

赵萌萌：她自己怎么不去啊？

柳静雅：这些事她都经历过，用得着吗？

赵萌萌撇嘴。

柳静雅：（突然）你知道她原来是干什么的么？

赵萌萌摇摇头。

柳静雅：她原来是检察官，后来辞职来这里。

赵萌萌顿时吃了一惊。

22.服务大厅接待区　日　外

接待区左边，胳膊上有文身的男人正在感谢王文萱。

文身男人：我母亲的事办得太好了，谢谢啊！（拍着胸部）以后有什么难事，尽管给我打电话，有我罩着你，你到哪里都"平趟"。

王文萱：（有礼貌地）谢谢！谢谢！这是我们应该做的。

接待区右边，赵萌萌和柳静雅正在窃窃私语。

柳静雅：怎么样？今天的现场你害怕吗？

赵萌萌：一开始挺害怕的，但是看到老太太卧在鲜花丛中就像睡着了一样，就不害怕了。

柳静雅：嗨，那是郑小美的妆化得好，以前她把死者的脸画得太红，家属的脸拉长得都可以从二楼到一楼了。今天的这种效果，是她新研究出来的。

赵萌萌：今天你的主持也不错。

柳静雅：（调皮）哪里哪里，多谢夸奖！

23.排练大厅　日　内

排练现场，大家正在起劲地跳着《龙船调》开头的一段。

所有人今天的状态都不错。

白云和行政主任许蕾过来看望大家，她们认真地看着大家跳。

一段舞跳完以后，赵萌萌示意大家停下来。

白云：今天中秋节，大家就早点下班吧。

姑娘们一哄而散。

赵萌萌无精打采地落在后面。

白云：赵萌萌，独在异乡为异客，对吧？

赵萌萌没吭声。

许蕾：（看着赵萌萌笑）每逢佳节倍思亲，要不到我家去吧。

白云：（不等赵萌萌开口，白云果断）我看行，就这么定了。

24.许蕾家　日　内

餐厅里，一张圆桌，四张椅子，许蕾坐在赵萌萌对面，旁边坐着她儿子贝贝，许蕾站起来给赵萌萌倒酒。

许蕾的丈夫大伟系着围裙，端着一碗汤上来，放到桌子中央。

大伟：（解下围裙）菜齐了，咱们开吃了。

四个人一起碰杯。

吃过一圈以后，许蕾关心起赵萌萌的个人问题。

许蕾：萌萌，有男朋友没？

赵萌萌：大学一毕业就吹了，他回老家工作了，我留在这里。

大伟：（打破尴尬）蕾蕾，又八卦了啊！

赵萌萌：许蕾姐，采访一下，你是怎么认识大伟哥的。

许蕾：相亲呗，我吧，当初谈恋爱，只要说我在殡仪馆工作，对方掉头就走。

赵萌萌：大伟哥，你怎么没掉头就走啊？

大伟：一看见就喜欢呗，一开始的时候我还有些犹豫，不理解她为什么要做这样一份工作，直到一位农民工送锦旗感谢她们，我才知道她工作的重要性。

赵萌萌眼里充满疑问地看着许蕾。

许蕾：都是陈年往事了，那天，一位农民工来找我，说他妻子高坠致死，他希望辛苦一生的妻子最后一刻能给亲人们留下最美好的形象，但是他身上只有2 000多元钱。我们想了想，就举行了一个简单而有意义的仪式，他很满意。

大伟：其实真正让我决定娶你的是那一次。

许蕾：（微笑）哪一次？

大伟：你不记得啦？一位新郎大婚的前一天被他的精神病弟弟砍了三十多刀，新娘哭着求你让她的丈夫走得完美无缺，你做到了。

许蕾：（淡淡地笑）是的，那次缝针化妆花了很长时间。

赵萌萌看着许蕾，眼神复杂。

贝贝：（突然）妈妈，你是干什么工作的？

许蕾：（温柔自然地）妈妈是把人送进天堂的使者。

贝贝：（不解地）那天堂是什么地方呢？

许蕾：很美的地方。

贝贝：哦，我也要去……

大家都笑了。

贝贝奇怪地看着大家。

贝贝：笑什么嘛？天堂到底是个什么地方？

许蕾：（温柔）不说了，不说了，贝贝，将来每个人都要去那里。（夹菜）来，吃菜，明天爸爸带你去参加表姑姑的婚礼。

贝贝高兴地拍手叫好。

大伟：你不去？

许蕾：我还是不去吧，毕竟大家还是忌讳的！

赵萌萌听着这句话，慢慢地咀嚼着口中的菜，似乎有些艰难。

25.宿舍　日　内

赵萌萌辗转反侧，久久难以入眠。

26.服务大厅休息区　日　内

赵萌萌在给客户弹琴。

赵萌萌：（画外音）我几乎已经融入这个团队，我觉得他们跟其他人没什么不同，这项工作也没有想象的那么可怕。可是去了一趟许蕾的家，我才知道干这项工作需要付出想象不到的牺牲，有谁能改变人们几千年流传下来的观念呢？也许只有靠我们自己，可我能吗？

27.排练大厅　日　内

姑娘们的舞跳得越来越好。

白云看着大家跳舞，露出微笑。

一段跳完，大家停了下来。

白云：嗯，不错，虽然我们是业余选手，但是大家跳得越来越专业了。特殊的职业使得人们不理解我们，甚至忌讳我们，可是我们自己却很清楚我们把工作当艺术来做，同时，我们也要让我们的生活充满艺术。希望大家能够在这次比赛中大胆展示自己，获奖不重要，重要的是展示我们内心阳光的一面。

赵萌萌若有所思。

28.宿舍　夜　内

晚上，赵萌萌正在灯下发呆。

父亲打来电话。

赵萌萌：爸。

父亲：我已经在老家给你找了份音乐老师的工作，你明天就辞职回来吧。

赵萌萌：（犹豫着答应）好吧。

29.服务大厅　日　内

赵萌萌拿出辞呈看了看，下了决心准备去找白云。

柳静雅突然拦住她的去路，眼圈红红的，似乎刚哭过。

赵萌萌：怎么啦？

柳静雅：报亭的杨婆婆走了。

赵萌萌顿时懵了，几乎不相信自己的耳朵，她定定地看着柳静雅。

柳静雅：杨婆婆走了，她昨晚给小孙子洗澡，往浴缸里放水的时候，突然倒下去了，再也没醒过来，脑出血。

赵萌萌依旧愣着，说不出话来。

30.化妆间　日　内

粉色的窗帘，粉色的桃花，让人觉得这里好像是美容院。

杨婆婆僵硬地躺着，脸如死灰一般白。

赵萌萌不敢看她，低着头，躲在小美背后深呼吸。

郑小美正在给杨婆婆化妆，表情庄重而专注，动作灵巧、轻柔。她熟练地清理死者的口腔和鼻腔，然后给死者擦洗脸部、面部上妆、涂上口红。

小美专注的神情让赵萌萌不由得肃然起敬。

不一会，小美轻拍着手，脸上露出了满意的笑容。

小美回头朝着赵萌萌笑笑，眼神里充满鼓励。

赵萌萌鼓足勇气，翘着头看了看，顿时惊呆了。

慈祥清瘦的杨婆婆静静地躺在那里，仿佛睡着一般。

赵萌萌小心翼翼地把伞放在她身旁。

赵萌萌：（画外音）我突然想起村上春树的一句话："死并非生的对立面，而是作为生的一部分永存。"一开始看着躺在这里的冷冰冰的杨婆婆，我感到我从来就没认识过她。经过小美的手之后，我仿佛觉得那个活着的杨婆婆又回来了，在她就要永远离开我们的那一刻，我终于有机会还给她伞，感谢小美。

闪回：

10.服务大厅休息区　日　内

赵萌萌正在弹奏钢琴曲《秋日私语》。

赵萌萌抬起头来，目光越过钢琴，对着一个人笑。

这个人是郑小美，她也对着赵萌萌笑。

31.职工之家　日　内

白云在看电视。

电视里，姑娘们正在起劲地表演舞蹈《龙船调》。

白云泪流满面。

32.湖边　日　外

赵萌萌将辞职信撕掉，散落在风中、水中。

鱼儿在湖中自由自在地游动。

湖上的水鸟突然飞起。

垂柳随风摆动，婀娜多姿。

赵萌萌：（画外音）这次比赛我们得了一等奖，现场的观众惊讶表演者是一群殡仪馆的姑娘……我决定留下来，在传统观念里这也许不是一份体面的工作，或许在人们眼里它仅仅是一种仪式，但在我眼里它是一种艺术。

（剧终）

第八章

语　言

有人认为，能写小说，就能写剧本。

答案是否定的，因为写剧本和写小说是两回事。

这里并不是说写剧本有多难，剧本以文字为媒介，能有多难呢？

但是，如果认为写剧本没什么门槛，也没什么难度，只要是有文字写作能力的人都能胜任，那你就错了。

为什么呢？因为剧本有自己专业的语言规范。

托尔斯泰说："一个会讲故事的人，必然善于用不同的词调、语气，甚至词藻来叙述不同的动作、表情、神态。例如讲到一个贪睡偷懒的人时，不仅要描绘他怎样伸懒腰、打哈欠、叽里咕噜地从床上爬起来，而讲述者的语调也慢吞吞的，有气无力。如果他讲的是急性子的、在发怒的人，他的语气、腔调会迥然不同，他的举止是简单的、不连贯的，声音是重浊而高亢的。"

优秀的编剧既是说故事的高手，也是写文章的高手。说故事和写文章都需要运用词藻来描写细节。编剧要具有文学修养，善于驾驭文字，在想象力和联系力的运用上要高于常人。无论是口头还是书面表达，如果言不达意，很难成为优秀的编剧。当然，即便很有天赋，无论口头还是书面表达都要不断磨炼、不断改进，才可以不断进步。

剧本的语言不同于小说的语言，编剧写剧本不是自由的文学书写，是"为银幕而写作"，为拍摄而写，强调专业化、规范化，能够通过电影的技术与艺术手段转化在银幕上。如果剧本不具有可拍性或者没有被拍成电影，这个剧本就实现不了自身的价值。剧本语言因为场面和镜头的分切，会产生不完整感，缺乏小说语言的感染力，因此读剧本不如看电影。

剧本的语言不完全需要文字优美，只需要能够表现视听形象，具有较强的造型性。表面看来，剧本的写作门槛不高，似乎只要具有文字写作能力的人就能胜任，但是事实上，写出高水平剧本的编剧并不多，即便是具备文学才华，不懂剧本的语言规范，也很难写出好的剧本。要想真正地写好剧本，掌握剧本的语言技巧，还得先了解剧本的艺术特征。

一、剧本的艺术特征

电影、电视剧、戏剧、小说都属于叙事艺术，都是在一定的篇幅内叙述一个故事。但是它们各自的语言表现方式不一样，小说重在文字描写，戏剧是用对话表达，而影视则是以画面和声音，也就是用视听语言来表达。尽管小说语言也具有视觉性，通过形象化的描述唤起人们脑海中的画面，但这只是"心象"。而影视的语言直接诉诸视觉和听觉感官，是具有造型性的语言。影视是一门用镜头讲故事的视听艺术，剧本是其基础。剧本虽然以文字为媒介，但是它与小说等文学作品不一样，它与影视相关联，并由影视艺术的特征决定它的语言表达方式。

（一）运用形象思维

作为视听语言，影视的画面和声音都是影视造型的要素，其中决定画面的视觉造型的形象思维处于支配地位。因此，写剧本要运用形象思维，用画面进行思考，用语言进行视觉造型，再现一个鲜活的世界。

苏联电影艺术大师普多夫金说："小说家用文字描写来表述他的作品的基点，戏剧家所用的则是一些尚未加工的对话，而电影编剧在进行这一工作时，则要运用造型的（能从外形来表现的）形象思维。他必须锻炼自己的想象力，必须养成这样一种习惯，使他所想到的任何东西，都能像表现在银幕上的那一系列形象那样浮现在他的脑海。"[1]剧本写作侧重于视觉形象思维，要用形象化语言进行表达，用文字将电影和电视剧中的形象展现在文稿上。这些文字能不能被拍摄出来，检验的标准就是脑海里是否有"过电影"一般的视觉性画面出现，因为未来的银幕和荧屏的形象就是浮现在编剧脑海中的形象。

（二）将抽象的事物进行外化

写剧本侧重于事物外部形象的描述，那些看不见摸不着的思想性和哲理性的东西不能直接写在剧本中，而是要隐含在外部形象的背后。编剧如果要表达某种抽象的思想和情感，首先要想到的是如何用影视画面进行转化，通过影视画面的描述将看不见摸不着的思想和情感外化出来。所以，在进行剧本写作的

---

[1] B.普多夫金.论电影的编剧、导演和演员[M].何力，译.北京：中国电影出版社，1980：22.

时候要侧重运动感和动作性的描写，人物的内心世界要尽量用具有动作性的描写来表现，让人物动起来十分重要。

悉德·菲尔德给电影剧本下了一个简单定义：一部电影就是某个（些）人在某地干了某事。某人、某地侧重的是事物的外部，干了某事侧重的是人物的行为动作，简单明了地概括了电影（剧本）叙事突出外部形象的显著特征。好剧本很少用说明性的语言来表达，说明处于某种场合下的人物心理是件比较容易的事情，但是通过动作或对话来表达这种内心微妙的变化，与描写人物心理相比显然要困难得多。而编剧就是要克服这个困难，将人物内心所想通过场景、动作或对话进行转化，让观众能够看得见，并能够体会出来。

（三）运用蒙太奇思维

蒙太奇是音译的外来语，原为建筑学术语，意为构成、装配，用在电影里就是画面的组接。影视是一个个镜头组接而成的作品，影视思维从根本上说就是蒙太奇思维，而剧本写作也要适应这种思维方式，要用蒙太奇思维表达一个个场景、一个个画面，甚至细到一个个镜头，进行自由地时空转换。

电影是时空的艺术，只要符合逻辑，可以进行任意地时空组接。如果一个人没有经过影视专业训练，看剧本会感到很不适应，会觉得剧本的叙事不流畅，甚至会感觉时空混乱，这也是剧本的可读性不强的原因。

（四）声音是剧本的重要元素

作为视听艺术，声音在剧本中的重要性自然不能忽视。随着技术的发展，声音在影视中的表达越来越重要，有时候声音甚至可以独立地表情达意，因此在剧本写作的时候要注意用声音进行表达。声音分为人声、音乐和音响，通过声音的表现能够增强真实性，还可以拓展画外空间，所以在进行剧本写作的时候，必要的时候可以对声音进行设计。

｜二、剧本的语言特征｜

依据剧本的艺术特征，剧本的语言也是有规范的，写剧本并不是能够用文字语言讲一个故事那么简单。剧本的语言分为两大类：一种是转化为银幕和荧屏上视觉画面和听觉效果的语言，包括人物形象描写、动作描写、景物描写、声音描写等，即叙述性语言；另一种是有声语言，包括人物对白、旁白和独白等。

（一）叙述性语言

叙述性语言主要描述场景及场景中人物的活动，同时也包含对摄影技巧、光影变化、色彩等内容的构思。

1.人物造型描写

对于人物造型的描述应该避虚就实，多用具有实际内容的语言。以电影剧本《金色池塘》开场为例："六十九岁的埃塞尔·塞耶走出司机座，她面带笑容，凝望着画外的房子。她的丈夫，七十九岁的诺曼·塞耶也下了汽车。"人物的年龄、表情、动作在这里进行了交代，便于演员进行表演。

2.动作造型描写

剧本不能直接描写人物的内心活动，因为人物的内心活动看不见摸不着，所以剧本通过外在的动作来表现人物的内心活动，将人物的内心情感通过动作外化出来给观众看。因此，对人物内心活动的叙述性语言，尽量要有具体视像，切忌抽象。比如，电影《金色池塘》中写道："诺曼走到走廊上，用钥匙打开前门，走进室内四处打量，埃塞尔随他走进室内。"这段描写把人物故地重游时内心的激动不安表现了出来。

3.环境景物描写

环境景物描写有时候不仅能起到交代人物活动的场景的作用，还能表现人物的境遇和情感，因此，对于景物的描写，情景交融很重要。比如，电影《金色池塘》中写道："一片树叶漂浮在暮色苍茫中的一泓潮水上，潮岸上有成行的树木，岸边芦苇轻轻摇曳。一只水鸟在浅水处游来游去，然后钻入水中，朝着潮中心游去。"通过这段景色描写，一方面表达这个地方的美，另一方面表现人物对这个地方的思念。

造型性是剧本语言最根本的要求，如果没有掌握剧本写作的这个特点，很容易写出无法进行拍摄的句子。比如，"一条繁华的大街"，这是具有文学色彩的句子，但是视觉造型性不强，导演和摄像师看到这样的句子很可能无所适从，是唐朝的大街还是民国时候的大街？是欧洲的大街还是江南小镇的大街？

剧本要通过语言进行视觉造型，"大街上，摩肩接踵，人来人往，两边摆满各种小吃，有卖混沌的、卖糖葫芦的，还有卖糖藕的……"，这才是视觉造型性强的句子。同样是表达大街的繁华，一个句子是比较抽象的，另一个句子是具象化的。因此剧本的语言一定要具体形象，不能抽象化。那些夹叙夹议，或者议论性和说明性文字，以及心理描写的语言内容是不具备视听造型性的，要尽量避免。

第一，概括性语言造型性不强。比如，"他性格孤僻，不爱说话"，这个句子概括了一个人的性格，用在人物小传和故事大纲中可以，但是用在剧本写作中就不合适，要进行转换，可以用动作描写来表现："大家热心地围上来七嘴八舌，他冷冷地看了一眼众人，一言不发地离开。"剧本只写具象的、个别的事物，用具体而微小的表达来呈现概括性的事物。

导演张骏祥在他所著的《关于电影的特殊表现手段》一书中，曾列举一些"犯忌"的句式，比如"不平凡的道路上走着一个不平凡的人""他到处都遭到冷淡和歧视""他是一个从小被母亲的溺爱所宠坏的怯懦的人"等。"因为这样的语句是没有办法翻译成具体形象，出现在银幕上的。当你要使观众体会到某人是怯懦时，你必须通过这个人的一些具体活动，使观众一望而知其为怯懦；你说一个老婆子是个孤独的人，你必须能够在银幕上通过具体事件表现出她是怎样的孤独。"[1]

第二，心理描写无法进行造型。人物的心理活动看不见摸不着，用文字语言可以详尽描述，但是视觉上无法进行造型。人物的所思所想，可以用对白、旁白，最好是动作性的描写来代替。比如"那绵延无尽的思念缠绕在心头，挥之不去"，这是一种抽象的表达，要把这种心理活动转化成具有视觉造型的语言，让语言具有画面感，比如"她站在江面，望着滔滔不绝的江水，眼里噙满了泪水"，这个句子里有动作，具有造型性，看到画面观众就可以根据上下情境看出人物的思念之情。

表达人物的内心活动，还可以用"闪回""闪前"等手法。所谓"闪回"，指在按照时空顺序进行叙述的过程中插入一段过去时空的片段，表现人物对某些往事瞬间的回忆，揭示人物的内心世界。"闪前"也是展现人物心理

---

[1]　张骏祥.关于电影的特殊表现手段[M].北京：中国电影出版社，1959：7.

活动的一种最为直接的方法，它是指在情节推展的现实时空片段中，插入想象中将要发生的情节和人物动作片段。闪前不具备交代和说明的功能，主要解释人物的内心活动。

剧本中一定要避免出现一些表达，比如，"他感到困惑""他心里想""他意识到"等，类似这些的表达皆属于心理活动描写，不宜出现在剧本中。

第三，剧本语言不需要比喻。比喻是文学中常用的修饰手法，俗称"打比方"，用跟甲事物有相似点的乙事物来描写或说明甲事物，从杂乱无章的生活中找到千差万别的事物的相似之处。比喻可以把抽象的道理形象化，比如，"她的内心像冰玉一般清澈透亮"，这个比喻的确形象生动，令人浮想联翩。但问题是这个比喻无法转化成电影镜头。所以，比喻不能用在剧本写作中。

第四，现在进行时语态。影视作品是用镜头进行叙事的，镜头中呈现的情境和人物动作永远要有"在场感"，也就是正在进行。因此，剧本语言的时态是现在进行时。下面看一下电影《李米的猜想》开头的三场戏：

1.李米车上　日　外

李米看着远处，表情漠然。

景深处有模糊的人影、车影掠过，似被正午的热浪蒸发似的，有一种放慢了的、极不真实的感觉。

李米：——9、38、52、69、80、83、103、193！——193！——103和193，这中间有三个月。三个月，——什么意思？！

边上的人紧张地看着李米。

李米：没什么意思！就是有事儿，这三个月出了什么事儿！

李米转过脸去，声音继续。

边上的人笑了下，表情瞬间又僵硬起来。另一个人，另一个路口。

跳切第三个人。

李米：——221、243、269、281、……一直到1 460，上个月。上个月是1 460。所有的数字都在我脑子里。这有什么规律吗？！

第四张愕然的脸。

李米：——别想了！该想的我早想了。4年54封信，不留任何痕迹，地址、电话、城市全都不存在。你找不到他。只有信，信！！！——告诉你早上起晚了、又便秘了、看了一夜球、楼下饭馆的味儿又过来了——就这些。这就是规律。你不知道他在哪儿，找不着，可他在——你知道我最想干吗？最想干的？！我最想干的就是把他揪出来朝他吼一句"你去死吧！你怎么不去死啊？！"——我最想干的就是这个！

第五张脸。骇然地看着李米。

李米伸手从头顶上方揪下根烟，点燃，长吸一口。

李米：我最想干的！

那人看着李米，片刻小心地：——能不能不看？

李米：试过！

那人：——搬家呢？

李米猛吸两口，把烟头掐在烟灰缸里。

李米：我不！

信号灯变绿。

李米拨了下挡把。

李米：我得骂出来！

那人腰一闪，李米的出租车"噌"地蹿了出去。

渐隐。

2.大街　日　外

缓缓流动的街景。形形色色的人不断从窗外滑过，逛街的、骑车的、开车的、坐公交车的，表情各异。

李米（旁白）：还是这个城市，四年什么都没改变，方文还是躲在我看不见的地方。这个城市。那个城市——

李米看着街上的人流。

李米（旁白）：——曾经，我跟他说父母不同意我就绝食，我等他。我没有想过某一天他消失了我会等他。这不是我的想法。

乘客（旁白）：到了、到了！

李米反应过来，伸手打表。响起"吡啦吡啦"的声音。

李米：对不起。

出租车朝路边靠去。

李米（旁白）：——可事实是我等了四年，一直等。

关门声。李米顿了下，看着外面。

李米（旁白）：——有一天，我看到了一只风筝。

3.城市上空　日　外

鲲鹏展翅。城市在下面掠过。陡然，一根蛛网交织般的电线杆扑面而来，镜头狠狠地撞上去。

挂在电网上的风筝。风嘶纸响。

李米（旁白）：——太像了！

渐隐。

音乐。

片名。

电影《李米的猜想》讲述出租车司机李米，四年来一直寻找失踪的男朋友的故事。影片开场，李米在出租车里自言自语，旁若无人地、絮絮叨叨地计算她男朋友失踪的时间，乘客莫名其妙。本来已经是过去的事情，通过出租车里的正在进行的场景表达了出来，形成了一种"在场感"。

第五，使用第三人称。剧本中的叙述性语言一律要用第三人称来表达，即他（她）、他（她）们。小说在叙事时可以用第一人称，甚至第二人称来表达，我们已经习惯于此，但是剧本不要用。剧本中的叙述性描述，会用摄像机镜头表现出来，所以在写作的时候，编剧时刻考虑到这是摄像机在看，就会避免出现这些问题。

剧本语言以文字为媒介，但它必须遵从影视艺术的表现手法。因此它有别于用文字表达的一般文学作品（如小说、诗歌）的语言，它的特殊性是由影视艺术的本性所决定的。剧本的文字就好比建筑中的图纸，是为最终的拍摄服务的，它的价值是要通过已经拍摄出来的影视作品来体现的，如果剧本不能拍摄成影视作品，那么这堆文字将毫无价值。理解了剧本必须依赖影视媒介而存在的特性，就应该意识到剧本写作的特殊性质，它不是自由的文学书写，而有特定的规范，这规范是围绕影视艺术的需求确立的。

（二）有声语言

剧本中的有声语言包括对白和画外音，画外音又分为旁白和独白。

1.画外音

画外音中旁白的讲述者，要么是全知全能的叙述者，要么是剧中角色。旁白对故事背景、情节、人物及心理等加以描述、议论、抒情，主要起到介绍时间、地点、人物、评点剧情等作用。

旁白不仅有解释画面，还有解释结构的作用。电影《风声》结尾处，已经牺牲的中共地下党员顾晓梦有一段旁白："我身在炼狱留下这份记录，是希望玉姐和家人原谅我此刻的决定，但我坚信，你们终会明白我的心情，我亲爱的人，我对你们如此无情，只因民族已到存亡之际，我辈只能奋不顾身，挽救于万一，我的肉体即将陨灭，灵魂却将与你们同在，敌人不会了解，老鬼、老枪不是个人，而是一种精神、一种信仰。"这段旁白具有不可替代的作用，不仅揭开了电影剧情的悬疑，还刻画了人物，起到升华主题的作用。

画外音中的独白则由剧中角色直接抒发情感，表达个人的心理、感情等。独白在形式上往往是完整的内心语言，具有很强的抒情性，所以要尽量富有情感。

电视剧《大明宫词》中太平公主的独白堪称经典："贺兰的美丽是我们全家的敌人。母亲常说，一个女人，如果生得美若天仙，就要时刻准备为此付出代价。它可以成为你的财富，但同时也可以成为一切灾祸的源泉。一个女人的天生丽质从一生下来就已经离她远去，被上苍判给了男人。现在想来，贺兰那天软弱的哭声似乎已经提前为她多灾的命运敲响了丧钟！"这段独白表现出情窦初开的太平公主对女性命运懵懂的理解与感悟，这类华丽、典雅的内心独白在剧中时时出现，给观众带来独特的审美体验。

运用旁白或独白能够提升作品的审美意蕴，这时的旁白和独白往往具有较强的文学性，与画面结合可为观众带来独特的审美体验。但是旁白或独白也不可滥用，否则会画蛇添足、喧宾夺主。一般来说，能够用画面表达清楚，就尽量不要用旁白或独白表达，画面已经足够表情达意的，也就不必用旁白或独白了。

2.对白

人物对白是剧本人物交流思想情感的需要，主要用来展开故事，展示人物性格，推动剧情发展。其主要作用是叙述说明，推进剧情，加强造型表现力，刻画人物性格，揭示人物内心世界。罗伯特·麦基说"对白不是对话"，人物对白并不等同于日常生活中的对话，剧本不能滥用对话来表达，也不能通篇都是对话，这样不符合影视艺术的美学特征。

1）潜台词

潜台词是没有说出来的台词，是角色要表达的真正的意思。隐藏在台词字面后面的意义就是潜台词，最好的台词应该有多层意思，如果你只让人物说了台词，而没有表达出人物的潜台词，就不算最上层的台词。

潜台词一般指人物表面上说的话是一层意思，其实内心还藏着不同的意思，一般来说，观众不需要仔细地分析，通过人物所处的境遇，就能明白其中的真意。

潜台词一般出现在戏剧性最浓厚的地方，对戏剧性的加强起到重要的作用，可以产生紧张激烈的戏剧冲突。戏剧性最浓的地方往往是人物针锋相对的地方，这时候编剧要仔细思考，不能写得太直太露，要曲折含蓄地运用潜台词。如果在戏剧性最浓厚的地方用潜台词，效果将会事半功倍。

潜台词的表现方法有多种，可以用比喻、双关、反语等多种修饰手法来表达。电影《一代宗师》讲述了民国期间"南北武林"多个门派的宗师级人物，以及一代武学宗师叶问的传奇一生。1936年，佛山武术界乱云激荡。八卦拳宗师宫羽田年事已高，已然承诺隐退，其所担任的中华武士会会长职位，自然引起武林高手的关注与觊觎，白猿马三、关东之鬼丁连山、咏春叶问等高手无不将目光聚焦在正气凛然的宫羽田身上。下面这段他与丁连山的对白可谓意味深长，潜台词十分丰富。

宫羽田：（跪下）宝森来看你来了。

丁连山：（灶台前烧蛇羹）东北那么大，都容不下你了，非要来佛山？起来。

宫羽田：我是来接您回去的。

丁连山：回去？能回去吗？现在的东北是日本人的天下，在太阳旗下，能容下我这只鬼？（尝一口羹汤）还不是时候。

宫羽田：这么炖汤，是很耗神的。

丁连山：这不是炖汤，是蛇羹。

宫羽田：蛇羹不是冬天的菜吗？

丁连山：是几十年的菜了。

宫羽田：是几十年了，1905年，乙巳年，是蛇年，你是那一年离开东北的。

丁连山：做羹，要讲究火候，火候不到，众口难调，火候过了，事情就焦，做人也是这样，回去吧。

宫羽田：等炉子里面能容下这根柴，我就回去。

丁连山：暗事好做，明事难成，我们都老了，你一辈子的名声不容易，跟晚辈抢胳膊和拳头的事就别干了，勉强了，味道就坏了。

宫羽田：宝森不是想当英雄，是想造时势，现在这炉子里呀，需要这根新柴。

　　这段话以蛇羹作比，丁连山尝菜说"还不是时候"，明面上指蛇羹火候未到，实质上指宫羽田寻人搭手接班使南拳北传这件事尚未到时候，于是劝他回去。而"几十年的菜了"，契合的正是几十年前的蛇年冬天，丁连山为日本人所不容而逃出东北，暗指中华武林与外敌强寇之间几十年的争斗与仇恨。"做羹，要讲究火候，火候不到，众口难调，火候过了，事情就焦"是指宫羽田南拳北传的理念牵动各方势力，极难平衡，如果搞得不好，难免引起武林动荡。而宫羽田却回应"等炉子里面能容得下这根柴，我就回去"，表明自己一定要通过比武选择一个合适的接班人，帮助他稳固地位，方才能安心回去。丁连山害怕"勉强了，味道就坏了"，疑心无论是北派人士还是叶问本人，都不愿意接手宫羽田经营已久的南北合流的大业。接着宫羽田说出了自己这么做的原因，是为了"造时势"，只有今日的中华武林开放和团结，才能长久地生存与繁荣下去，这必须有年轻力量加入才能促成，即"炉子里呀，需要这根新柴"。从师兄弟的这段对白可以看出，宫羽田摒弃地域、门户之见，努力促成中华武林精诚团结、共抗外敌的苦心，全都凝聚在这场说羹汤的戏上面了。

　　潜台词是人物对话的一部分，主要指隐藏在人物对话背后的意思，丰富的潜台词是剧本成功的重要手段，所以潜台词一定要仔细揣摩。潜台词最重要就是要做到含蓄，含蓄是在精练的基础上，进一步要求语言经得起玩味和揣摩，尤其是对白，要像剧情的铺排一样层层推展，不可以一览无遗，要有弦外之音。如果语言过于平铺直叙，很可能变得索然寡味。观众观看电影和电视剧，常常被剧中的人物所感染，当观众设身处地、感同身受的时候，有潜台词的对白会对观众产生奇妙的效果。

　　2）书面语和口语

　　大多数对白都以生活化的口语为主，但有时候为了风格化表达的需要，也要用文绉绉的书面语。王家卫的电影常常用诗一般的台词增加角色的主观感受。《东邪西毒》中，黄药师说："人家说，一个人有烦恼，是因为记性太好，从那年开始，很多事我都忘了，唯一能记住的，就是我喜欢桃花。"而欧阳锋说："以前看见山，就想看见山后面是什么，我现在已经不想知道了。"这些台词表现了人物对生命体验的变化，从非我到自我再到无我。王家卫用这些独特的书面语表达，形成了独特的电影风格。

大多数电影和电视剧的台词都是口语化的表达，简单易懂，贴近生活，追求现实化和生活化。电视剧《都挺好》中小儿子苏明成和父亲苏大强的一段台词，不仅成功表现出人物性格，还具有幽默感。

小儿子苏明成给父亲端来一碗粥，要他吃饭。
苏大强：钱没了还吃什么饭呢？
苏明成：你爱吃不吃，你可以吸。
苏大强：我现在人财两空了，让我死了算了！
苏明成：好啊，你用粥了断自己吧。

这段对话的起因是苏大强的六万元钱被骗走，心里特别伤心，想通过不吃饭的方式让儿子帮他把被骗的钱找回来。苏明成把饭端到父亲面前，苏大强就说钱没了不吃饭，儿子苏明成说"你爱吃不吃"的潜台词就是"不吃饿死你"，观众本以为他会端着饭扭头就走，结果苏明成来一句"你可以吸"，一下子让人忍俊不禁。苏大强表示自己人财两空想死，观众本以为苏明成会接"好啊，你去死"，结果他却说"好啊，你用粥了断自己吧"，不仅幽默，还一下子勾勒出苏明成虽然不靠谱，但是内心还算善良的性格。

无论是用书面语还是用口语，都是为了表达人物性格的需要。编剧进行台词设计时要对人物有全面地了解，写台词凭借的并不是所谓的灵感，而是生活的积淀，需要反复推敲，若偏离了人物特殊的人生经历和性格特点，一定无法形成人物独特的语言表达。

3）方言
在电影电视剧中，一般情况下人物说的是标准的普通话，但有时候因为特殊需要得用方言。方言不仅能够表现地域特征，还可以赋予人物地域化性格特征，使人物形象更加丰满，有时候甚至有利于幽默诙谐。电视剧《老大的幸福》讲述了小人物傅老大帮助弟弟妹妹们找回生活真正的幸福的故事。傅老大是一个生活在东北小城的小人物，操着一口东北方言，为人乐观，朴质善良，不仅有责任心，还在生活中充满了智慧。梅好从农村来，带着儿子乐乐，孤苦伶仃，一直被傅老大照顾着，下面是他和梅好的一段对话，梅好问他什么时候喜欢上自己的，他操着一口方言回答，还打了一个比方："反正按顺序吧，就是先喜欢的乐乐，后喜欢的你。至于什么时候，就是跟乐乐吧属于是炒菜，一炝锅，咔咔咔就熟了；咱俩呢，属于是炖菜，经过那么一段咕嘟，反正就觉得特别好吃了。"傅老大用炒菜和炖菜把他和梅好感情的发展变化形容得十分形象生动，再加上用方言表达，体现出傅老大面对感情不好意思直接表达，有些内敛又有些羞涩，却很真诚，善于观察和总结生活的形象。

方言最大的特点就是朴实自然，生动活泼，充满生活气息。方言在电影和电视剧中的合理使用能够产生独特的艺术魅力。编剧如果能够敏锐地把握住这种特点，将其运用到笔下的人物身上，人物会充满真实感，朴实鲜活。

总之，无论是对白，还是旁白、独白，无论人物的语言是书面语还是口语，都要以电影和电视剧表达的风格需要为标准。一般情况下，并不是对白越多越好，要用视觉形象代替对白，尽量把用对白展开的冲突，改变成用视觉形象展开的冲突。

|三、对白的写法|

对白是需要编剧精心设计，体现故事内核最重要的因素之一，是剧本最容易又是最难的设置。对白之所以难写，是因为对白往往不只有字面上的含义。人物开口说话的目的只有两个：一是推动剧情发展，二是表达人物性格。

（一）对白要符合人物的性格特点

人有种种，形形色色，每个人都有每个人说话的特点，要善于观察生活中不同的人，积累写人物的经验。

（1）对白要符合人物的特点。一般来说，戏剧性人物的性格都十分鲜明，年龄、出身、身份、兴趣爱好等不同，会产生不同的思想、性格、品质和精神面貌。因此，在写剧本的时候，要根据这些特点对笔下人物的对话进行设计。编剧只有熟知笔下人物的年龄、出身、身份、兴趣爱好、思想性格等，才能写出形似的人物。比如年纪大的人，一般说话都比较老成；出身书香门第的人，一般说话都比较文雅；一家之主，说话都比较严肃；古代的读书人，说话一般都文绉绉的。

（2）说话要看对象。同样的事情，说的话意思大致相同，但是对不同辈分的人说，就要有差别。比如对晚辈说话，很可能带有教训的意味在里面；如果是平辈，同样的意思，这时候就不能教训了，更多的是规劝；如果是长辈，那就只能含蓄地劝谏了，不能太直截了当。不同的对象，同样的内容，对话的写法会不一样。

（3）说话要看处境。人物处在不同的环境，说的话也是不同的，在法庭上说话和在家里说话肯定是不一样的。法庭上无论原告还是被告，都要谨慎理智，说的每一句话都将成为呈堂证供。如果是在家里，只有夫妻两个人，说话就比较私密和随意了。同样的意思，不同的处境，有不同的说法。

（4）说话要看时机。处于有利地位，是一种说法；处于不利地位，又是一种说法。如果处于危急的生死存亡关头，说话自然紧迫急切。如果局面能够掌控，并且胜券在握，说话就比较淡然稳重了。谈公事，一般说事实多；谈情说爱，当然是谈感情的话语多。

（5）对话要讲究时代。不同时代的人，说话的方式肯定有所不同。写古装剧对话，了解时代背景十分重要，可以从古典书籍中吸收营养。一般来说，古代讲究老幼尊卑的身份，在写剧本对白的时候要注意这一特点。古代重男轻女、尊重长者等一些观众熟知的习惯，编剧要遵守。特别是一些口语，不能随意将现代语言夹杂其中，比如现代人说"再见"为"拜拜"，肯定不能出现在古装剧中，否则就会闹出大笑话。因此，写古装剧对话，可以从古代典籍、古代小说、前人的古装剧中去学习。写现实题材剧对话，要从生活中寻找，平常多留意周围不同人的说话方式。网络时代，当下的老年人和年轻人说话就有很多不同，年轻人说话很可能夹杂着很多网络词汇，诸如"我也是醉了""my god"等，但是老年人一般不会讲。没有出国的人和出过国的人因为受到的文化熏陶有所不同，说话也会有区别。不同行业有不同的专业术语，三教九流都有行规，每一行都有自己说话的方式。

电视剧《贫嘴张大民的生活》讲述北京大杂院张大民一家的日常生活，编剧常常用幽默风趣的日常化对白表现人物性格。有一段对话是张大民在厨房里剁王八，吵得张大雨睡不着觉。张大雨从床上爬起来走过去跟张大民理论，然后母亲张大妈听见了，也掺和进来。

张大雨：嘿！我说你媳妇不下奶，你拿那王八撒什么气呀，你？

张大民：嗨，你知道多少钱一斤吗，啊？

张大雨：多少钱一斤，我也没听说过拿王八吃馅儿的。

张大民：哼！我还吃它骨头呢。

张大雨：有那么节约的吗？

张大民：它是没长毛儿，长毛儿我连毛儿一块儿吃！

张大雨：知道的你是剁王八呢，不知道的还以为你在剁谁呢！

……

张大妈：呛呛什么呢？都给我闭嘴！（对张大民）剁差不多行了！二两王八掺一两木头末子，你让云芳怎么吃呀？（张大民要发作）你是老大，就不能让着你妹妹点儿？她上夜班，白天睡不好觉心里有火。

张大民：哦！她心里有火，我心里没火？

张大妈：有火你也给我拿唾沫压回去！听见没有？

这段对白一方面展现了张大雨直爽的性格，说话不会拐弯，直来直去，不给人面子；另一方面又表现出张大民的小气、生活拮据，在妹妹面前不想服输，顽强地面对生活的困难。张大妈参与进来以后，表现了一个母亲应有的威严，劝张大民让着妹妹一点，表现出一个母亲的慈爱。

以上对白虽然起不到推动剧情的作用，但是起到了表达人物性格的作用。编剧在写剧本的时候，如果不知道剧中的人物说什么，还要挖空心思去找对白，一定是剧情或人物的设计有问题，如果人物设计好了，剧中的人物会"自己开口说话"，用不着搜肠刮肚去写对白。要善于从各类人物中抽取所要塑造的人物的特点，进行恰如其分地刻画，才能真正地写出符合这个人物身份和个性的对话来。

（二）对白要有冲突

剧本对话要做到高度凝练，起到两个重要作用：一是展示人物性格，二是推动剧情发展。做不到这两点，对话就是废话，可以进行删减。因此，编剧可以按照这两个标准对剧本的对白进行检验，如果达到这两个标准，或者二者满足其一，对白就可以保留。对白好不好，关键要看能不能产生冲突，要达到这个效果，就要注意以下几点。

1.避免长度不够

这里主要是指对话三言两语还没有来得及展开，观众还没弄清楚人物的心理状况就结束了。尤其是电视剧要通过对话展现冲突，切忌对话的长度不够。

比如，两个谈恋爱的男女分手，男孩说："我们不合适，分手吧。"女孩说："好吧，那就分手吧。"这就太简单了，女孩的心里怎么想的还没有表达清楚就结束了，这种简洁是不合适的，需要弄清楚女孩的心理，分两种情况来写台词：一种是顺着写，诸如我知道我的性格不适合你，你喜欢上别人我不反对等；另一种就是反着写，诸如你说分手就分手，没那么容易等。这样也避免了枯燥无味。要理清条理，抓住方法，对于重点的地方进行"简单的问题复杂化"处理，重点以外的枝节当简化则可以简化，如果有需要，也可以刻意进行细致地描绘。

2.切忌原地打转

人物性格设计有矛盾冲突，随着剧情的发展，人物就会直接或间接参与到剧情中并产生反应，这种反应一般通过动作和语言两种方式来表现。因此，富有戏剧性的鲜活的对白都是从戏剧冲突中迸发出来的。好的对白是人物心理活动的外化展现，责备、争辩、解释、协调等语态都会有，这样就会带动剧情。如果不能推动剧情，原地打转，这种对白就是废话，还不如不要。

剧作理论家拉约什·埃格里说："每个冲突都包含攻击和反击，但每一个又和其他的不同。在每个冲突里都存在着微小的，甚至是不易察觉的运动即过渡。"[1]电影可以用场面来表达，电视剧常常用对白来表达，电视剧对白段落里的冲突，尤其是那些长篇电视剧对白段落里的冲突不能老是在原地打转，要不断向前推进。

[1] 拉约什·埃格里.编剧的艺术[M].高远，译.北京：北京联合出版公司，2013：139.

电视剧《我的前半生》中，年轻的服务员洛洛喜欢老板老卓，她希望弄清楚老卓心目中喜欢的女子是什么样的，由此判断自己是不是符合老卓的标准，于是就将自己崇拜的女神唐晶拿出来打比方，以此套老卓的话。

> 洛洛：老板，你说像唐晶女神那样，是不是天底下所有的男人都喜欢她呀？
>
> 老卓：你谈过几次恋爱啊？
>
> 洛洛：那你不喜欢她那样的，喜欢哪样的？
>
> 老卓：我不喜欢你这样的。

这段对话中，如果两人的对话老是围绕老卓喜欢哪样的女子打转，剧情就等于没有推展。老卓一句"我不喜欢你这样的"，立即将剧情推向了另外一个方向，相当于老卓已经猜出了洛洛的心思，既没有明确告诉洛洛自己的感情生活的标准是什么，又直接拒绝了洛洛，让她别心存任何幻想。

3.反着写对白冲突

对白冲突可以顺着写，也可以反着写。但是如果顺着写对白冲突，观众很可能看前面就可以猜到后面的意思，毫无新意，感觉就像喝白开水一样，没有什么味道。因此，如果反着写对白冲突，一下就会产生新意。

比如，电视剧《陪你一起长大》中，儿子假装生病不上学在家玩手机，顺着写戏就是妈妈揭穿儿子装病，劝儿子去上学。但是电视剧却反着写对白："生病可得好好歇一歇，等会儿动画片开始，可别看了。"儿子一听就急了，立即起身，站起来叉着腰说要看动画片，一点生病的迹象都没有。

（三）贵在精练

戏剧语言是表达人物性格的一种方法，观众一般通过人物对白了解剧情和人物性格，因此如何组织人物对白十分重要。

戏剧语言贵在精练，与剧中人物的性格特点无关，并不是说身份高贵、有教养的人语言就精练，不具备这类性格特点的人物语言就不精练。什么才是精练呢？生活中的语言绝大多数是不精练的，而戏剧语言是浓缩了时空之后给观众展现的最具有戏剧性的部分，这就要求这部分语言"必定有存在的原因"，所以戏剧语言贵在精练，也就是简洁化。

同样的一组对话或一件事情，可以有不同的表达方式，需要编剧选择最贴近剧情，最能让观众明白，最容易引起观众注意的方式设计对白。

1.语言要简洁

语言简洁就是不啰唆、不冗长、不绕弯子，表达上一针见血，表现人物性格啰唆的性格除外。编剧只有弄清楚剧情的来龙去脉、人物的性格特点，才能在表达的时候做到这一点。如果啰啰唆唆说一番无关紧要的话，一定是编剧没有弄清楚这个人物的心理状态。

日常生活中，如果对话表达不能准确到位，还能再重复补充，但是剧本写作中人物的对白不能这样，要有的放矢、精准到位。因此编剧下笔写之前一定要反复推敲，怎样说话才准确到位，符合人物的性格特点、所处的境遇、最终做到写出来的对白简洁有力。

简洁准确地说话，要在日常生活中注意观察，善于准确地使用动词。动词是最具有表现力的词汇，说话者使用动词越多，表达越丰富、越生动活泼。建议对话少使用形容词，形容词会使对话显得生硬，失去生活化、日常化效果。

2.抓住戏眼

"戏眼"一词，来自舞台剧，是指富有哲理性的能够激发观众产生共鸣的关键性的一句话。这句话在合适的人物口中、合适的场合下说出来，能够起到一语中的、画龙点睛的作用，击中观众的要害，引起观众的共鸣。因此，"戏眼"不是偶然产生的，是编剧精心安排的，是编剧把自己要表达的思想通过剧中人物的一两句话表达出来。

如何设计"戏眼"呢？"戏眼"要起到画龙点睛的作用，一是切忌长篇大论，要挑选最关键的、最能够表达所要表达的意思的句子精辟地表达出来，千万不要啰唆、画蛇添足。二是要找准时机，不能一开始就给观众讲道理讲哲理，观众看电影、电视剧首先是娱乐，其次才是受教育，先把观众代入戏剧性情境再来讲哲理性的话语，这样才能一击必中，产生共鸣。

3.要有条理性

写文章讲究条理性，写对白同样讲究条理性。只有条理清晰，才能依据不同的情况进行分解，做到有详有略，既可以"复杂的地方简单化"，也可以"简单的地方复杂化"。

一、训练

1.训练目标

修改自己撰写的剧本，注意剧本的语言表达。

2.训练方法

将剧本从头到尾顺一遍，在脑海里想象每一句话是否能够变成画面和镜头，修改不能用镜头表达的语言，删除多余的语言，增补缺少的内容。以动作和对白表达为主。

3.训练提示

（1）检查是否书面语言太多，不够生活化。

（2）检查是否存在无法用画面表达的语言，比如心理活动描写、抽象的概念。

（3）检查对白，对白是否能够推动故事情节向前发展，是否具有潜台词，是否口语化。

（4）检查语言是否简洁易懂。

二、鉴赏

下面这段文字摘自小说中的片段，仔细阅读，分析小说语言和剧本语言的区别，找出不能用镜头表达的部分，并进行剧本改写，注意分场和语言表达。

历时两年，他最终没能把她留住。

在杨清弥留之际，向浩东静静地等着，等待着死神到来的那一刻。尽管在这之前，他曾经无数次地设想过他们的生离死别，但是他依然无法承受那种等死的滋味。他紧紧地拉着她的手，希望她不要害怕，希望她带着这个世间的温暖走。

生命的最后几天，她告诉他，小时候她跟外公外婆长大，外公不知道在哪里倒腾了一堆连环画，经常带着她去街边摆书摊。书摊上是一个木制的大盒子，盒子分了很多格，连环画就摆在那些格子里，供来看书的小伙伴们挑选，小伙伴们也叫那些书"画书"。

画书一般是上面配图，下面配字，一本就成年人的手掌那么大一点点。那时候杨清还很小，认得的字不多，但是她通过看图，连看带猜也能把那些书看懂。于是就一本本地看，一遍遍地看，常常一本画书她看三遍五遍。那些画书很多是电影里的内容，有黑白的，有彩色的，读着那些画书，她的小小的心会温暖起来，常常会忘记周围的一切，忘记对母亲、对城里的家的刻骨的思念。

第九章

剧本运作

正式的剧本运作，首先应做到的是牢记编剧的身份。

很多事情要编剧配合完成。编剧帮助导演完成剧本创作，剧本是影视作品的工作蓝本，观众并不是来看写满文字的剧本，而是来看拍成画面的电影、电视剧的。因此编剧帮助导演设计工作蓝本，必定要与导演互相透彻地沟通，并且对所准备的剧本达成共识。导、编二人不能达成共识，所拍的戏永远不会完美。

编剧和导演为了达成共识，编剧要了解导演的意图或买家的意图，当然，导演反过来也要了解编剧的意图。这些意图包括主题、类型、成本预算、演员、市场、工作时限、剧本的背景资料、全剧的风格、拍摄限制等。

对于剧本的创作者来说，剧本的出路是第一件大事。剧本与小说、诗歌等可以独立存在的文学作品不同，剧本写出来的目的是拍摄，如果剧本没有被拍摄，价值就无法体现。

影视圈内的编剧一般会受制片人或导演之托进行创作，自然不愁剧本的出路。但是影视圈外的创作者，不知道剧本写出来是否能够得到导演或制片人的青睐，也不知道把剧本交给谁，就会失去创作热情。因此，进行剧本创作要了解影视作品运作的程序。

影视作品作为产品，最终的目的是要实现其作为商品应该获取的利润，因此从生产到销售，它的整个运作过程是有程序的。

影视作品的运作与普通的商业项目的经营没有本质上的区别，制片人其实就是商业运作中的项目经理。某个影视作品作为商业项目进行运作，首先要有剧本创意，创意经过论证以后才写成剧本，有了剧本就算有了项目，然后就要进行融资，有了资金就可以进行制作了，制作出来以后还要进行销售。电影一般要上院线，通过票房来获取利润，电视剧、网络剧要在电视台或是网络平台进行播放，通过广告收入和流量等获得商业利润。只有影视作品与观众见面，才能实现社会效益。这只是影视作品运作的模式之一，这种运作模式面临着很大的风险，如不知道片子拍摄出来是否卖得出去，即便卖得出去也不知道是否能收回成本，或者能赚多少利润，仅仅凭着一厢情愿，风险必然是存在的。因此，为了保证片子成功卖出去，很多制片人在融资这个阶段就开始考虑片子的销售，常常把融资和销售绑在一起，在拍摄之前就把片子的版权卖掉来获取投资人的资金，再用这笔资金拍片子。第二种模式是风险最小的，但是取决于制片人的能力、剧本的质量高低，以及制作班底的实力。

剧本运作是整个影视作品运作中的一环。剧本是"一剧之本"，影视公司或制片人都希望获得好的剧本，获得好的剧本就等于成功了一半。

一、剧本运作

剧本运作首先从剧本创意开始，影视制作机构或制片人常常会收到剧本创意。第一种情况是影视制作机构或公司有专门的部门进行创意策划，第二种情况是由导演或编剧提出创意，第三种情况就是在社会上征集创意。无论是从哪个渠道来的剧本创意，都要进行论证，如果论证之后具有可行性，就会找合适的编剧来写剧本。有时候影视制作机构或制片人会收到剧本，如果剧本已经比较成熟，就会直接找来剧本的编剧，与他签订剧本收购合同，并付给部分定金，编剧就可以继续修改剧本。在进行沟通的过程中，影视制作机构或制片人如果发现编剧已经没有潜力可挖，经双方协商，影视制作机构或制片人可能将剧本的创意买下来，或者以比较低的价格买下整个剧本，再找资深编剧来写。

剧本的价格有高有低，比如电视剧一集少则几千元，多则上万元，资深编剧有的达到十万元以上一集，而有的编剧写一部电影剧本能拿到上百万元。总之，剧本的价格视编剧的能力和名气来确定，不能一概而论。

初写剧本的作者要学会写剧本的创意，写好创意以后再与影视制作公司或制片人联系，得到他们的认可之后再写剧本，否则很可能耗费大量的精力，剧本写出来却不能拍摄。

二、剧本买卖

剧本写作者写剧本或剧本创意的时候一定要有市场意识，要了解当下的市场最需要什么类型、风格、题材的影视剧。如果剧本被影视制作机构或影视公司看中，就会有制片人与作者签订剧本或剧本创意的购买合同，剧本创作者要懂得维护自己应有的权益。签订比较规范的剧本购买合同，要注意以下几个方面的问题：

1.剧本的权益

（1）拍摄权问题。一般来说，剧本创作者向影视制作机构出卖的是剧本的拍摄权，并非所有的权利。剧作者要注意的是，出卖了剧本的拍摄权，还可以保留剧本拍摄过后的小说改编权，剧本的创作者可以把剧本改成小说后由出版社出版。如果剧本改成小说，就涉及小说的改编权，一般一部小说的剧本改编权价格少则几万元，多则十几万甚至几十万元不等。

（2）有效期限问题。剧本卖出去以后不一定马上就拍摄影视作品，很可能因为各种因素而搁置拍摄，这就需要剧本创作者考虑到拍摄权的有效期限。目前，国内剧本的拍摄权一般为两年，也就是说制作机构在签订合同之后两年内要进行拍摄，否则剧本创作者有权将剧本的所有权收回，重新出卖。当然，前提是剧本是原创的，不得有任何抄袭行为。一旦签订了协议，就不得将剧本转让给第三方。

（3）署名权问题。如果剧本的创作者只有一个，署名就简单了，不存在争议。但是，如果剧本并不是由一个人完成的，尤其是剧本在不成熟的情况下，制片人认为当前这个作者不能把剧本修改好，还请了其他剧作者参与进来，甚至导演和制片人也有可能参与到剧本的修改中，这就牵涉剧本的署名权问题。后参与进来的人有没有署名权呢？因为付出了劳动，自然有署名权。接下来就涉及谁的名字署在前面的问题，这些剧本创作者都要考虑清楚，避免带来不必要的经济和精神上的损失。

2.酬金支付

剧本的酬金可以分阶段按比例进行支付，要写清楚两个关键问题，一是要写清楚酬金是税前还是税后。如果是税前，剧本创作者就要向税务部门缴纳个人所得税。如果是税后，个人所得税就由剧本的购买者支付；二是计算办法，一般可以从故事大纲开始算起，故事大纲写完支付的比例是多少，剧本初稿写出来支付的比例是多少，最后定稿支付的比例是多少，在合同里都要写得十分明确。电视剧一般都是按集计算的，对于剧本创作者来说，可以按照集数进行计算。

按照分阶段进行支付的方式，签订合同以后，至合同生效之日起，就要支付一定数额的定金。定金一般占总酬金的10%，也有更高的，甚至占到一半的，不能一概而论。初稿完成以后，剧本购买者应该向剧本创作者支付总酬金的50%～80%，开机以后应支付剩余的全部金额。

3.处罚方式

合同的处罚方式是为了保证项目的正常运行，也是为了维护各自的权益。就剧本创作者而言，在保质保量地完成剧本创作任务的前提下，要按照规定的时间交稿，如果延误时间影响整个项目的进度，就应该向对方进行赔偿。对剧本的购买方来说，应该在规定的时间向剧作者支付相应的酬金，如果延期，也应该有相应的处罚。另外，如果因为双方的某一方不履行合同，相关方应该负相应的经济责任和法律责任。

制片人和导演可能会对剧本的初稿提出很多修改意见，有时候也会请相关的人员提出剧本的修改意见。剧作者要虚心听取尊重他人的意见，但是也要有自己的主见，并非每个人的意见都是正确的。所以剧本的创作者要有强大的心理防线，要表现出非同一般的耐心。

剧本从开始运作到最后拍摄很可能要经历一到两年的时间，这期间的修改是必不可少的，很可能要花上好几个月，有时候剧组都已经开拍了，剧本还没有最后修改完成。但是剧本的修改也不是无限期的，可以在合同里写明修改的次数不超过几次。

三、剧本合同

剧本的合同是对编剧和制作方的一个权利和义务的规定，具有一定的法律约束性，可以起到保障编剧权益的作用。剧本的合同因情况不同，会有一些差别，但大抵都会有一些模板。在本章的后面附有剧本买卖的协议书，供大家参考。

电影剧本合同见附件1。

电视剧剧本合同见附件2。

 训练与赏鉴

一、训练

1.训练目的

模拟剧本交易，将自己的剧本卖出去。

2.训练方法

按照以下步骤进行训练：

（1）寻找一个愿意听你讲故事的人，假设对方是导演或买主。

（2）以自己撰写的剧本故事大纲为蓝本，讲述自己编写的故事，注意悬念和故事的拐点。

（3）如果对方不感兴趣，重新组织语言，再讲一遍。

3.训练提示

训练讲故事的口才时要注意的问题：

（1）语言表达简明扼要，辅以动作、眼神、声调、面部表情等身体语言。

（2）对方提出意见时做到不亢不卑，对于逆耳的意见要马上记录下来，想透彻以后再提出自己的看法。

（3）遇到争辩，要平心静气，深思熟虑，有足够且难以反驳的理由时再发表意见，切忌似是而非、前言不搭后语、漏洞百出。

二、鉴赏

观看10部影视作品，归纳作品的故事大纲，并组织语言讲述出来。

第十章

剧本评估

影视行业是一个高风险的行业，为了保险起见，有时候制片人会将编剧写好的剧本，拿给具有编剧素养的人员进行评估。国内还有专门的剧本评估公司，比如"剧酷"就有一项业务是对剧本初稿进行评估。

虽然说剧本评估不一定完全准确，但是还是有可靠的方法可以依循，只是需要经过长期积累，包括专业评估人才的积累、可供采样的有效数据的积累、市场及观众欣赏水平的稳定化等。

剧本评估一般对剧本的优点和缺点都要涉及，多从视听语言的角度进行分析，基本不对编剧的文笔进行评价。涉及的内容主要有创意、主题、人物、故事、情节、节奏、基调等方面，不对细枝末节进行评价。

本书前几章从主题、人物、冲突、结构、分场、语言等剧作元素出发，对剧本进行了宏观阐述。本章将呈现一个剧作元素涵盖比较完整的文本，即以本人创作的30集电视剧《全职岳母》（又名《哎呀妈妈》）剧本的人物小传、故事大纲、前三集分集大纲、一集分场剧本为例（请扫书上的二维码，就可以看到相关内容）。该剧本的初稿曾经被"剧酷"评估过，现将评估的大致情况展现如下，希望读者能够对剧本创作的质量有一个大致的判断。

一、本剧总览

（一）剧情提要

爱女如命的郎芯玉将生活的全部重心放在了女儿裴悠身上，裴悠即将结婚，却因为郎芯玉的专断导致男方悔婚。终于裴悠和魏晓东组建了自己的家庭，没想到郎芯玉竟然入住到女儿女婿家，俨然当起了"全职岳母"，并且对女婿的生活和工作指手画脚，使得魏晓东叫苦不迭。裴悠夹在妈妈和老公之间十分为难，三人矛盾逐步恶化。后又因养女裴岚挑拨离间导致裴悠和魏晓东差点离婚，多亏郎芯玉澄清误会，两人才得以冰释前嫌。本剧主要表现了岳母同女婿之间由斗智斗勇到互相理解的过程，向观众展现了和谐家庭的重要性，引人深思。

（二）核心观念

1.优势

（1）切入角度比较新颖，岳母女婿争斗，看点新鲜。

（2）主人公郎芯玉形象立体，"全职"特点跃然纸上。

2.缺点

（1）次要线索着墨过多，影响主要剧情推进。

（2）1—8集流水账式的描摹与铺垫戏比例偏大，流于平淡，恐难令观众驻留。

二、优势提炼

1.切入角度比较新颖，岳母与女婿争斗，看点新鲜

本剧一改往常"婆婆vs媳妇"的戏路，从岳母与女婿的角度出发，围绕"岳母嫌弃女婿穷困——岳母要与女儿女婿同住——岳母唆使女儿掌管财政大权——岳母监督女婿是否出轨"这些主要矛盾事件展开，表现的是岳母同女婿之间斗智斗勇的回合，如下表所示。这些事件都是当今现实生活中的热点话题，比较容易吸引观众移情观看。

序号	岳母出招	女婿拆招
1	嫌弃女婿穷困	镇定自若，礼貌有加
2	要与女儿女婿同住	无奈妥协
3	唆使女儿掌管财政大权	施计使岳母计谋落空
4	监督女婿是否出轨	独善其身，及时回头

2.主人公郎芯玉形象立体，"全职"特点跃然纸上

本剧以一个事事维护女儿的岳母郎芯玉为主人公，重点描摹她在女儿的小家庭中处处为女儿谋取地位的生活。本剧选取了诸如为女儿相亲把脉、为女儿争取财政大权等一系列事件来突出郎芯玉为女儿幸福毫不让步的姿态。

同时，还选取了毫无怨言地照顾养女、主动照顾母亲、不愿意给女儿添麻烦等事件来突出郎芯玉深明大义的性格特点。通过对这些事件的选取，将郎芯玉的形象塑造得多维立体，同时又"全职"得让人既爱且恨，提升了观众对本剧的关注度。塑造郎芯玉形象的事件如下表所示。

事件	剧中铺陈方式	性格特点或情感诉求	观众情绪
挑剔小赵装修	郎芯玉坚持己见，擅自更改装修风格	主动，强势	恨
为女儿相亲把脉	多次喧宾夺主，甚至假扮路人，令人忍俊不禁	为女儿面面俱到	爱恨交织
考察魏晓东	多方调查，坚决反对，后被骗同意两人交往	富有心机	恨
女儿婚礼前消失	为争取让女儿出国旅游，在婚礼上失踪，要挟女婿	为女儿谋幸福	爱
偷听女儿女婿谈话	多次偷听两人谈话，并被魏晓东戏弄	行事鬼鬼祟祟	恨
照顾养女裴岚	隐瞒养女身份，为其要分手费，多次忍让养女的鄙夷	深明大义	爱
进入女婿公司	过分节俭，拒发工资，监视女婿	财迷、小心眼，维护女儿的幸福	恨
面对女儿的婚姻危机	多方求助，双向沟通	聪慧	爱
主动去养老院	为照顾母亲和不给女儿添麻烦，她和母亲一起进养老院	为女儿的幸福牺牲	爱

三、本剧不足

1.次要线索着墨过多，影响主要剧情推进

本剧剧名为《全职岳母》，本应该是表现新时代背景下岳母同女婿之间的

关系，但是在剧情展开过程中对"女婿"魏晓东的妹妹魏晓西的情感戏份铺陈过多。这条次要线索与主线索缺乏交织，偏离本剧主题，对其着墨过多影响了主要剧情的推进，尤其是在16—19集表现明显，如下表所示。

集数	主线事件	主线占比	次要线索事件	次线占比
第16集	郎拒发实习生工资	50%	晓西被李骗	50%
	因失客户，郎离开公司		应聘伴娘，狂喝酒	
	郎不能回公司，心情低落		电台相亲遇高麟	
第17集	苏郎安排柳、西见面	25%	高麟节目选晓西	75%
			晓西鼓励高麟	
			晓西忽略阳阳	
			高麟倾心晓西	
	岚吃醋，迁怒悠悠		高麟宣布娶晓西遭反对	
			苏郎安排柳、西见面	
第18集	岚对悠悠心生报复	57%	柳和晓西成为朋友	43%
	晓东劝岚反被挑拨			
	郎知不能回公司，怒而生事		晓西弃家和高一起	
	悠悠中岚计，加剧矛盾		苏装病，晓西不理	

2.1—8集描摹与铺垫戏比例大，流于平淡，恐难令观众驻留

在前八集中，核心冲突事件中的矛盾双方总有一方妥协或者处于弱势，难以调动观众情绪。编剧还将不少的戏份放到了郎芯玉一家包括魏家家长里短的小事件上，流水账式描摹明显，同时为后半部分晓西和裴岚铺垫的戏较多。虽然中间也有亲家吵架、裴岚被骗、晓东被骗等比较火爆的戏，但整体来看前八集流于平淡，难以吸引观众。

集数	核心冲突事件	流水账式描摹	铺垫戏份	全集整体矛盾冲突
第一集	悠悠相亲，芯玉帮倒忙（喜剧成分多）	/	/	★★☆
第二集	悠悠、晓东结合（芯玉被骗）	悠悠见公婆	裴岚归来	★★★
第三集	两家为房子争吵（芯玉出钱妥协）	苏翠珍、郎芯玉吵架	晓西归来	★★★
第四集	魏晓东使计要回工资卡（芯玉被骗）	两母亲搅乱蜜月，三人逛街，晓东跑回	/	★★
第六集	裴岚被骗（被魏晓东救下）；郎芯玉嘟囔魏晓东	/	魏晓西进京选美	★★★
第七集	裴岚分手（和平分手，芯玉轻易要来50万元）	/	魏晓西陷"耳光门"	★★★
第八集	魏晓东戏弄郎芯玉（打电话骚扰，事件简单）；郎芯玉送钱遭冷遇（无冲突）	/	魏晓西遇李荣发，裴岚低落	★★

四、修改意见

1.剧本定位

以岳母与女儿、女婿的关系为主要内容的家庭剧，情节设置较为生活化。有一些有趣的生活摩擦桥段，特别是开头相亲、买房等话题，不仅贴近生活还结合了当前的一些流行元素，如选美、电视相亲等，具有现代气息。相比较而言，前半部分剧情更好，后面的剧情有些生硬，前后有些脱节。

故事主线比较清晰，内容和人物关系相对简单，情感不是很纠葛。女儿、女婿在化解矛盾时比较积极主动，而且会采取一些小计谋，有喜剧效果。节奏比较紧凑，虽然以家庭生活为主，但事件较多，并不显得拖沓。基调也是比较轻松、温馨的，尤其是前半部分。

2.人物设置

岳母的形象很鲜明，精于算计，嘴皮厉害，但实际是慈母心，只是有些桥段的处理太过，可能影响观众的移情作用。可以考虑把人物往可爱之处调整。

本剧一开始即采用强烈的戏剧冲突表现了强势、全面掌控女儿生活的母亲角色。随着剧情发展，人物的闪光点也逐渐凸显出来，由此赋予了角色更加饱满的形象特点。男主角女婿的性格较有担当、大大咧咧能忍，有一定移情作用。但其他角色，如女儿悠悠则塑造得不够鲜明立体，完全缺乏行动的主动性，没有什么成长和性格的转折，总是随波逐流。建议将悠悠调整为是有主见的人，一方面，她会觉得妈妈管老公太多，求妈妈不要管这多，得罪了妈妈；另一方面，她又会对老公说，我妈妈这样说是有一定道理的，她常常里外不是人。

人物情感之间的交织性不够。裴岚抢妹妹男朋友的桥段较好，制造了一个感情交叉，应该加强这一戏份。有些角色与剧情关联不大，导致剧情有些琐碎，如晓西的几个男友与剧中其他角色几乎没有感情上的交叉；又如柳逸凡虽然整部戏都出现，但实际上他与任何角色都没有实质性的感情发展。

剧中有许多人物设置显得多余，如魏晓西的众多男友、柳逸凡等，对剧情和气氛没有大的作用，反而使人物出场显得纷乱，不如减少这些多余的枝节，在主要人物身上着墨。

3.情节

前10集进行铺垫，大事件不多，比较松散。中间10集，随着女婿魏晓东办公司这一情节的设置，戏剧冲突从家庭转向公司。随着地点的转移，小女儿裴悠戏份减少，大女儿裴岚戏份增多，且主要集中在与剧中其他角色的感情戏上。魏晓东的妹妹魏晓西的感情纠葛也发展成为一条主线，这在一定程度上减少了丈母娘的戏份，对丈母娘这一人物的性格塑造也有所减弱。后10集则完全摆脱两代人的冲突，着力表现裴岚、裴悠与魏晓东及魏晓西与高麟两组人的感情纠葛，从而使一部轻松现实的家庭剧发展为情感剧。

建议统一风格，或为生活剧，或为情感剧，风格定下来以后，就可以找到戏的推手，生活剧一般靠人物性格推戏，情感剧一般靠人性推戏。前后调整，进行平衡。

附件1：电影合同模板

电影编剧聘用合同

合同编号：＿＿＿＿＿＿＿＿

　　甲方：

　　代理人：

　　地址：

　　电话：

　　邮箱：

　　乙方：

　　地址：

　　电话：

　　邮箱：

　　甲方决定聘用乙方担任电影剧本编剧，乙方同意接受甲方聘用。

　　甲、乙双方经友好协商，就甲方委托乙方创作电影剧本《＿＿＿＿＿》（暂定名，以下简称"剧本"）之事宜，达成以下一致意见并订立本合同共同信守。鉴于此，双方本着自愿、平等、互惠互利、诚实信用的原则，经充分友好协商，订立如下合同条款，以资共同恪守履行。本合同分为三个阶段：第一阶段：故事大纲创作；第二阶段：剧本第一稿创作；第三阶段：修改剧本，剧本定型。如果上述三个阶段中，由于乙方编剧的文学剧本不能符合甲方要求，或甲方认为对第一稿文学剧本没有修改必要性，需要另请编剧进行再创作或修改的，合同自动终止。但甲方须向乙方支付前一阶段的稿酬，并且甲方拥有剧本第一稿的修改权。

第一条　工作内容及要求

　　甲方应向乙方介绍电影的总体设想和要求。乙方应按照甲方的总体要求进行文学剧本的创作。乙方工作由下列方式确定。

　　1.乙方根据甲方要求，编写原创文学剧本。

　　2.对未定稿的电影文学剧本进行修改、润色直至定稿。

3.电影片片长拟定_____分钟，文学剧本不应少于_____字。

第二条 工作期限

乙方应于_____年____月____日起开始文学剧本的创作工作，此日期为乙方聘用期限开始之日。

乙方完成文学剧本经甲方审核通过之日，乙方的聘用期限结束。

第三条 联络人

甲方指派制片人_____为其授权代理人，全权负责与乙方联络、沟通文学剧本的相关事宜。甲方若变更联络人，应事先书面通知乙方。

第四条 工作进度及质量要求

1.乙方应于_____年____月____日前完成故事大纲的编写。故事大纲应表述出文学剧本的立意，阐明编剧在思想内涵及其外延两个方面的感悟，概括描绘文学剧本的主要线索、主要事件、基本冲突、主要人物、人物关系的主要纠葛和剧本的总体风格等。

2.乙方应于_____年____月____日前完成改编剧本第一稿，内容要符合已创作的故事大纲和甲方立意要求。

第五条 审核与修改

1.文学剧本第一稿全部创作完成后，甲方应于接到乙方上述文学剧本之日起_____内进行审核并将审核结果通知乙方，若甲方未在此期限内将审核结果通知乙方，视为甲方对乙方的创作成果予以认可，乙方可以根据甲方要求进行第二稿的修改与再创作，本合同自动延续到第三阶段。如甲方对乙方写的文学剧本第一稿予以否认，则合同自动终止。

2.甲方认为乙方可以进行其文学剧本第一稿的修改，合同进入第三阶段"文学剧本定稿创作"。甲方对剧本提出修改意见，应以书面形式通知乙方。乙方应根据甲方的书面修改意见，于_____年____月____日前完成文学剧本的修改稿并提交给甲方的授权代理人。甲方应于该日起_____内审核完毕，并将是否继续修改的决定及修改意见（若决定继续修改）书面通知乙方。

3.乙方若无力完成任务或文学剧本定稿经修改仍不能达到甲方要求，甲方有权另聘编剧参与剧本创作和修改，有权决定编剧的署名排列，合同自动终止。不再履行第三阶段。乙方不得提出异议。

4.若甲方决定不再要求乙方对上述文学剧本的修改稿进行修改，此修改稿即为文学剧本的定稿，乙方收到甲方决定当日视为文学剧本定稿的提交日。

5.剧本经甲方审核后，不管是在第几个阶段，终止前的文学剧本的使用权、修改权均归甲方所有。乙方享受署名权。

6.甲方对文学剧本的审核通过以甲方签字认可为准。

第六条　定金

甲方应于本合同签署之日向乙方支付定金，为总酬金的10%（税后），故事大纲完成后，此定金自动转为甲方向乙方支付的酬金。

第七条　报酬及支付

甲方应向乙方支付三个阶段总酬金人民币＿＿＿＿＿＿元（税后），酬金的支付方式安排如下：

1.签订合同之日起＿＿＿＿＿＿日内向乙方支付定金人民币＿＿＿＿＿＿元（税后）；

2.乙方完成文学剧本故事大纲并向甲方提交之日起＿＿＿＿＿＿日内向乙方支付第一阶段的酬金人民币＿＿＿＿＿＿元（税后）（支付的定金自动转为酬金）（第一阶段结束）；

3.乙方根据甲方要求完成文学剧本第一稿创作并经甲方审核认可之日起＿＿＿＿＿＿日内向乙方支付第二阶段酬金人民币＿＿＿＿＿＿元（税后）（第二阶段结束）；

4.乙方根据甲方要求完成最后修改定稿并经甲方审核认可后＿＿＿日内，向乙方支付第三阶段酬金人民币＿＿＿＿＿＿元（税后）（第三阶段结束）；

5.甲方以支票或银行转账之形式支付稿酬；

6.乙方的银行资料如下：开户行：＿＿＿＿＿＿＿＿＿＿＿＿＿＿；户名：＿＿＿＿＿＿；账号：＿＿＿＿＿＿＿＿＿＿＿＿＿＿＿。

第八条　工作要求

乙方应勤勉、尽责、专业、高效地为甲方工作，并接受甲方或电影导演的合理指导或建议。但甲方或导演不得干预乙方的正当权限或违反行业惯例。

在本合同约定的聘用期限内，乙方应专职为甲方进行文学剧本创作和修改工作，不得同时与第三方签署同样性质的合同。必要时，甲方有权要求乙方在指定的时间和地点完成本合同项下乙方的工作。

乙方应依甲方要求及时参加与文学剧本相关的协商会或讨论会。

第九条　著作权的归属

剧本的著作权：文学剧本的著作权由乙方享有，编剧应该署名为_____，但甲方享有依据文学剧本重新拍摄电影，将文学剧本改编成电视剧或话剧、广播剧剧本并进行摄制，且甲方行使此摄制权无需另行向乙方支付酬金的权利。

影片的著作权：电影著作权由甲方依法享有。若电影得以拍摄并成功发行，乙方依法享有在电影及相关衍生产品中的署名权。乙方署名的格式、具体位置及字体大小由甲乙双方根据国家的相关规定协商决定。如果该作品在国内得奖，乙方有权参加颁奖仪式，并享有编剧单项奖所有权。

剧本的最终修改权：

1.甲方享有文学剧本的最终修改权，如对剧本持有异议，甲方有权要求乙方按照甲方的意见对剧本进行相应的修改。乙方应按照甲方的要求对剧本进行修改、完善。

2.在电影的拍摄过程中，甲方有权根据拍摄需要要求乙方对文学剧本进行修改，无须因此向乙方另行支付酬金，乙方应予以配合。

第十条　参加宣传活动

1.甲方有权要求乙方参加电影的开机仪式、首播仪式以及其他宣传活动，无须就此向乙方支付酬金。乙方应当积极参加并配合甲方的有关宣传活动。

2.甲方要求乙方参加的宣传活动最多不超过3次；否则，每超过一次应向乙方支付酬金人民币_____元，乙方亦有权拒绝甲方要求。

3.甲方要求乙方参加电影的宣传活动，应承担乙方食宿及往返交通费用。

第十一条　姓名、肖像使用权

甲方有权无偿使用或许可播放者、发行者在电影、电影的衍生产品、电影的宣传片或预告片中使用乙方的姓名和肖像。但仅限于电影推广、宣传之目的。

第十二条 剧本的采纳

乙方的文学剧本创作定稿（合同第三阶段）完成后，甲方是否采用该文学剧本拍摄电影，乙方无权干涉。但甲方须支付乙方全部酬金。

第十三条 双方保证

甲方：

1.甲方签署和履行本合同所需的一切手续均已办妥并合法有效。

2.在签署本合同时，任何法院、仲裁机构、行政机关或监管机构均未作出任何足以对甲方履行本合同产生重大不利影响的判决、裁定、裁决或具体行政行为。

3.甲方为签署本合同所需的内部授权程序均已完成，本合同的签署人是甲方法定代表人或授权代表人。本合同生效后即对合同双方具有法律约束力。

乙方：

1.乙方有权自行签署本合同并有能力履行本合同下的所有义务。

2.乙方签署和履行本合同所需的一切手续均已办妥并合法有效。

3.在签署本合同时，任何法院、仲裁机构、行政机关或监管机构均未作出任何足以对乙方履行本合同产生重大不利影响的判决、裁定、裁决或具体行政行为。

4.本合同生效期间内，乙方不会受聘于除甲方以外的任何第三方。

5.乙方创作的文学剧本中不应包含侵犯他人著作权以及其他合法权益的内容，否则，由此引起的侵权纠纷由乙方承担全部责任，并应赔偿甲方因此而遭受的一切损失。

第十四条 合同的解除

发生下列情形之一，甲乙双方可以通过书面形式通知解除本合同：

1.非因本合同规定的不可抗力因素，乙方未能按本合同的规定按时完成剧本的创作，经甲方催告后10日内仍未完成并向甲方提交的；

2.乙方部分或完全丧失民事行为能力致使其不能继续履行本合同；

3.甲方破产、解散或被依法吊销企业法人营业执照。

第十五条 保密

在没有取得甲方的同意下，乙方不得在电影公映之前向任何第三方泄漏文学剧本的内容、电影剧情、导演、演员、拍摄进度等与文学剧本或电影相关的一切信息。

乙方保证对其在讨论、签订、执行本协议过程中所获悉的属于甲方的且无法自公开渠道获得的文件及资料（包括商业秘密、公司计划、运营活动、财务信息、技术信息、经营信息及其他商业秘密）予以保密。未经甲方同意，乙方不得向任何第三方泄露该商业秘密的全部或部分内容。但法律、法规另有规定或双方另有约定的除外。保密期限为_____年。

乙方若违反上述保密义务，应赔偿甲方因此而遭受的经济损失。

第十六条　合同的变更

本合同履行期间，发生特殊情况时，甲、乙任何一方需变更本合同的，要求变更一方应及时书面通知对方，征得对方同意后，双方在规定的时限内（书面通知发出7天内）签订书面变更协议，该协议将成为合同不可分割的部分。未经双方签署书面文件，任何一方无权变更本合同，否则，由此造成对方的经济损失，由责任方承担。

第十七条　争议的处理

1.本合同受中华人民共和国法律管辖并按其进行解释。

2.本合同在履行过程中发生的争议，由双方当事人协商解决，协商不成的提交甲方住所所在地法院判决。

第十八条　不可抗力

1.如果本合同任何一方因受不可抗力事件影响而未能履行其在本合同下的全部或部分义务，该义务的履行在不可抗力事件妨碍其履行期间应予中止。

2.声称受到不可抗力事件影响的一方应尽可能在最短的时间内通过书面形式将不可抗力事件的发生通知另一方，并在该不可抗力事件发生后_____日内向另一方提供关于此种不可抗力事件及其持续时间的适当证据及合同不能履行或者需要延期履行的书面资料。声称不可抗力事件导致其对本合同的履行在客观上成为不可能或不实际的一方，有责任尽一切合理的努力消除或减轻此等不可抗力事件的影响。

3.不可抗力事件发生时，双方应立即通过友好协商决定如何执行本合同。不可抗力事件或其影响终止或消除后，双方须立即恢复履行各自在本合同项下的各项义务。如不可抗力及其影响无法终止或消除而致使合同任何一方丧失继续履行合同的能力，则双方可协商解除合同或暂时延迟合同的履行，且遭遇不可抗力一方无须为此承担责任。当事人迟延履行后发生不可抗力的，不能免除责任。

4.本合同所称不可抗力是指受影响一方不能合理控制的，无法预料或即使可预料到也不可避免且无法克服，并于本合同签订日之后出现的，使该方对本合同全部或部分的履行在客观上成为不可能或不实际的任何事件。此等事件包括但不限于自然灾害如水灾、火灾、旱灾、台风、地震，以及社会事件如战争（不论曾否宣战）、罢工、政府行为或法律规定等。

第十九条　合同的解释

本合同的理解与解释应依据合同目的和文本原义进行，本合同的标题仅是为了阅读方便而设，不应影响本合同的解释。

第二十条　补充与附件

本合同未尽事宜，依照有关法律、法规执行，法律、法规未作规定的，甲乙双方可以达成书面补充合同。本合同的附件和补充合同均为本合同不可分割的组成部分，与本合同具有同等的法律效力。

第二十一条　合同的效力

本合同自双方或双方法定代表人或其授权代表人签字并加盖单位公章或合同专用章之日起生效。

本合同正本一式四份，甲方二份，乙方二份，具有同等法律效力。

甲方（盖章）：_____　　乙方（盖章）：_____
委托代理人（签字）：_____　　委托代理人（签字）：_____
签订地点：_____　　签订地点：_____
　　_____年____月____日　　　　_____年____月____日

附件2：电视剧编剧合同

委托创作合同书

甲方：

地址：

电话：

乙方：

地址：

电话：

传真：

鉴于：

甲为依法注册成立并具有独立法人地位的公司。

《中华人民共和国著作权法》及其他相关法律法规规定，甲、乙双方经过友好协商，在平等自愿的基础上，就甲方委托乙方创作电视剧剧本《＿＿＿＿＿＿＿＿》（以下简称"该剧本"）的相关事宜达成如下合同条款：

一、基本条款

1.剧本名称：《＿＿＿＿＿＿＿》（暂名，甲方使用该剧本摄制电视剧的任何语言版本在任何地域播映时所采用之剧名，均独立拥有最终决定权）。

2.编剧署名：＿＿＿＿＿＿＿＿＿＿。

3.剧目题材：＿＿＿＿＿＿＿＿＿＿。

4.剧本规格：＿＿＿集，每集不少于＿＿＿＿＿＿字。

二、版权条款

1.甲方为该剧本的著作权人或版权方，除本合同另有约定外，甲方永久拥有该剧本、基于该剧本摄制的电视剧及其他基于该剧本产生的新作品（以下简称"衍生作品"）的全部著作权。乙方在履行本合同义务期间，有关该剧本的一切创作和智力劳动均属于受委托行为。

2.双方一致同意，在不损害乙方依据本合同之获酬权和署名权的前提下，甲方有权自主决定与第三方合作、部分合作或授权第三方拍摄该剧本，甲方有权将基于该剧本的权益或部分权益以转让、许可、出租或任何其他形式进行使用，而无须征得乙方的同意，也无须额外支付费用。

3.乙方保证该剧本系由甲方的主持下，根据《_____》小说原创故事，基于甲方的意志，利用甲方的物质条件，独立创作的合法作品；如该剧本涉及侵犯第三人权益、违约或其他违法行为的，一经发现，无论是否发生甲方被第三方主张权利，无论是否产生纠纷、诉讼或遭到行政等相关部门处理的，乙方应双倍返还已收取稿酬，积极解决纠纷，承担全部法律责任，同时赔偿由此给甲方造成的一切损失。

4.乙方须与雇员之间签订合法、有效的劳动合同及作品著作权归属约定文件，确保乙方受甲方委托完成的剧本作品不涉及乙方雇员职务作品、个人作品或其他权利争议；发生争议的，按照本条第3款约定处理。

乙方须与雇员之间签订合法、有效的保密协议，确保乙方雇员在执行乙方工作任务期间及之后，承担与乙方一致的保密及其他义务；因乙方雇员行为导致甲方受到损失的，由乙方承担赔偿责任。

5.乙方享有该剧本、基于该剧本摄制的电视剧的编剧署名权。

6.乙方保证，乙方及乙方雇员不再以该剧本中的人物、情节、故事、细节等主要元素另行创作任何作品或提供第三方使用；未经甲方同意，乙方及乙方雇员不得将该剧本故事梗概、大纲、初稿、修改稿、定稿及任何过程文件提供给任何第三方，否则，乙方应赔偿由此给甲方造成的一切损失。

三、稿酬条款

1.稿酬数额

双方一致同意，甲方向乙方支付剧本编剧稿酬每集人民币_____元（含税），_____集共计人民币_____元（含税）。

2.支付时间

（1）本合同生效之日起_____日内，甲方向乙方支付订金_____元。

（2）乙方完成该剧本的分集大纲并得到甲方以电子邮件形式认可或通过后_____日内，甲方向乙方支付稿酬的_____，即人民币_____元（含税）。

（3）乙方完成该剧本的_____集，并得到甲方以电子邮件形式认可或通过后_____日内，甲方向乙方支付稿酬的_____，即人民币_____元（含税）。

（4）乙方完成该剧本的全稿，并得到甲方以电子邮件形式认可或通过后_____内，甲方向乙方支付稿酬的_____，即人民币_____元。

（5）乙方完成该剧本的定稿，并得到甲方以电子邮件形式认可或通过后_____内，甲方向乙方支付稿酬的余款，即人民币_____元（含税）。

3.支付方式：甲方分期将现金汇入乙方账户，乙方分期向甲方开具收据。

4.如果基于该剧本摄制的电视剧发行集数多于本合同约定集数，乙方的稿酬数额按该剧发行许可证确定的集数补发酬金。网络剧每集按_____分钟计算，电视台播映版每集_____分钟按两集网络剧计算。乙方创作的剧本不足_____集长度时，甲方在余款中扣除相应款项。

5.双方确认，上述稿酬为甲方委托乙方创作该剧本所需支付的全部对价，甲方无须为使用该剧本、电视剧作品、其他衍生作品及收益行为，向乙方支付额外费用。

四、创作条款

1.乙方须按照双方约定时间完成创作工作，如因乙方责任导致剧本未按约定时间完成，甲方有权决定是否继续委托乙方延期完成。

若甲方不再委托乙方延期完成的，甲方无须支付未付稿酬，并有权视乙方的实际完成情况决定在该剧本及电视剧中是否以及如何为乙方署名。

2.本合同生效之日起_____日内，乙方完成该剧本分集大纲，分集大纲每集不少于_____字。

3.在甲方通过该剧本分集大纲后_____日内，乙方完成该剧本_____集初稿，初稿每集不少于_____字。在甲方通过该剧本_____集后_____日内，乙方完成该剧初稿。

4.在甲方通过该剧本初稿后_____日内，乙方根据甲方要求将剧本修改稿全部完成并交与甲方。

5.在甲方通过该剧本修改稿后_____日内，乙方完成该剧本定稿，使该剧本达到可以拍摄的要求。

6.该剧本定稿完成之前，乙方若单方面解除本合同，应双倍返还甲方所付稿酬，并视为乙方就已完成部分作品（不论是否交给甲方）无条件放弃包括署名权在内的所有权利。甲方有权另行委托第三方继续完成，并不再为乙方署名。该剧本定稿完成之后，乙方不得解除本合同。

7.乙方在创作剧本过程中所发生的全部费用由乙方自行承担。

五、剧本修改条款

1.该剧本的修改决定权、终审权及投拍决定权归甲方所有。

2.乙方有责任根据甲方提出的意见，在双方约定的时限内，对该剧本进行修改。

3.在乙方按时交出分集大纲、初稿及修改稿后，甲乙双方共同商议并由甲方提出修改方案，乙方根据甲方的要求进行修改，直至甲方满意为止。由于甲方研究稿件提出意见而耽误的时间，不计入乙方承诺的创作时间内。

4.如乙方在甲方的要求下进行了修改工作而未能达到甲方的要求或乙方超过双方约定时限而不能完成修改工作，经双方协商，甲方有权委托其他编剧修改剧本，已支付部分稿酬视为乙方已完成部分作品一切权利的全部对价，未支付部分稿酬甲方不再支付，并有权根据乙方的实际完成情况决定乙方及乙方雇员在该剧本及电视剧中的署名位置。

5.在电视剧拍摄、制作的过程中，甲方有权根据拍摄、制作需要，要求乙方对剧本进行修改，无需因此向乙方另行支付酬金，乙方应予以配合；无正当理由，乙方不予配合的，甲方有权委托其他编剧修改，并有权为其他编剧在电视剧中与乙方联合署名。

在电视剧拍摄、制作的过程中，甲方有权根据拍摄、制作需要，自行或委托第三方直接修改剧本，无须征得乙方的同意。

6.甲方有权要求乙方派代表参加电视剧的开机仪式、首播仪式以及其他宣传活动，而无须向乙方另行支付酬金，乙方应予以配合；甲方要求乙方代表参加的宣传活动，应承担乙方代表食宿及往返交通费用。

六、保密条款

1.未经甲方事先、书面同意，乙方及乙方雇员不得在电视剧播出之前，以任何形式，向任何第三方泄漏该剧本的内容、剧情、导演、演员、拍摄进度等与该剧本和电视剧相关的一切信息，否则，乙方应赔偿由此给甲方造成的一切损失。

2.因履行本合同而知悉的甲方的相关信息，均属甲方保密信息，乙方及乙方雇员均不得在本合同之外使用，否则，乙方应赔偿由此给甲方造成的一切损失。

七、违约条款

双方均应严格遵守本合同约定之内容，如有违约，违约方应赔偿守约方一切损失，并承担相应法律责任。

八、免责条款

如因人力不可抗拒之因素造成本合同无法完成，双方均不承担责任。

九、其他条款

1.如双方任何一方在本合同生效之前已经进行了该剧本的筹备或相关工作，由此产生的债权、债务由当时的运作方负责承担，与本合同约定委托创作关系无关，但不得影响本合同约定的委托创作行为。

2.本合同如有未尽事宜或发生争议，双方协商解决，并可另行签订补充合同，补充合同与本合同具有同等效力。如有诉讼纠纷，在甲方所在地法院解决。

3.本合同及其附件构成双方之间就本合同所涉事项达成的全部合同，取代双方此前就该事项达成的所有口头和书面合同、意向、谅解和联系。各条款的标题仅为便于参阅而设，不具有法律效力。

4.本协议书正本一式肆份，甲乙双方各执贰份。本合同自双方法定代表人或授权代表签字和盖章之日起生效。

甲方：　　　　　　　　　　　　乙方：

　　　　　　　　　　　　　　　身份证号码：

代表：　　　　　　　　　　　　手机：

日期：　　　　　　　　　　　　汇款账户：

　　　　　　　　　　　　　　　姓名：

　　　　　　　　　　　　　　　账号：

　　　　　　　　　　　　　　　开户行：

　　　　　　　　　　　　　　　　　年　　月　　日

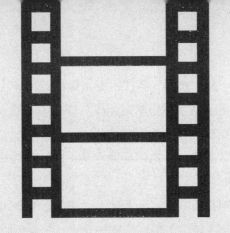

主要参考文献

［1］李渔.闲情偶寄［M］.杭州：浙江古籍出版社，2011.

［2］悉德·菲尔德.电影剧本写作基础［M］.钟大丰，鲍玉珩，译.北京：北京联合出版社，2016.

［3］布莱克·斯奈德.救猫咪：电影编剧宝典［M］.王旭锋，译.杭州：浙江大学出版社，2011.

［4］乔治·贝克.戏剧技巧［M］.余上沅，译.北京：中国戏剧出版社，2019.

［5］梁鹏.亚里士多德《诗学》集注［M］.北京：中译出版社，2017.

［6］罗伯特·麦基.故事：材质、结构、风格和银幕剧作的原理［M］.周铁东，译.北京：中国电影出版社，2001.

［7］J.H.劳逊.戏剧与电影的剧作理论与技巧［M］.邵牧君，译.北京：中国电影出版社，1989.

［8］陈晓春.电视剧理论与创作技巧［M］.北京：北京大学出版社，2003.

［9］刘天赐.编剧秘笈［M］.香港：博益出版集团有限公司，1992.

［10］吴丽娜，周倩雯，吕永华.剧本写作元素练习方法［M］.北京：中国戏剧出版社，2012.

［11］顾仲彝.编剧理论与技巧［M］.北京：中国戏剧出版社，1981.

［12］彭飞.中国的戏剧［M］.北京：中国青年出版社，1986.

［13］高尔基.论文学［M］.孟昌，曹葆华，戈宝权，译.北京：人民文学出版社，1978.

［14］爱·摩·福斯特.小说面面观［M］.苏炳文，译.广州：花城出版社，1984.

［15］B.普多夫金.论电影的编剧、导演和演员［M］.何力，译.北京：中国电影出版社，1980.

［16］张骏祥.关于电影的特殊表现手段［M］.北京：中国电影出版社，1959.

［17］拉约什·埃格里.编剧的艺术［M］.高远，译.北京：北京联合出版社，2013.

《全职岳母》剧本